coleção
moacyr scliar

No Caminho dos Sonhos

Ilustrações *Maurício Paraguassu e Dave Santana*

No caminho dos sonhos
© Moacyr Scliar, 2005

Diretor editorial adjunto	Fernando Paixão
Coordenadora editorial	Gabriela Dias
Editor assistente	Leandro Sarmatz
Coordenadora de revisão	Ivany Picasso Batista
Revisoras	Luicy Caetano
	Cátia de Almeida

ARTE
Projeto gráfico e capa	Victor Burton
Editores	Antonio Paulos
	Cintia Maria da Silva
Editores assistentes	Claudemir Camargo
	Eduardo Rodrigues
Editoração eletrônica	Ana Paula Brandão

CIP-BRASIL. CATALOGAÇÃO NA FONTE
SINDICATO NACIONAL DOS EDITORES DE LIVROS, RJ.

S434n
Scliar, Moacyr, 1937-
    No caminho dos sonhos / Moacyr Scliar. - São Paulo :
Ática, 2005
    il. - (Coleção Moacyr Scliar)
    Apêndice

    ISBN 978-85-08-09775-3

    1. Scliar, Moacyr, 1937-. Família - Literatura infantojuve-
nil. 2. Século XX - História - Literatura infantojuvenil. I. Título.
II. Série.

05-0997.   CDD 028.5
                                            CDU 087.5

ISBN 978 85 08 09775-3 (aluno)
ISBN 978 85 08 09776-0 (professor)
Cód. da OP: 248622

2024
1ª edição
10ª impressão
Impressão e acabamento: Forma Certa Gráfica Digital

Todos os direitos reservados pela Editora Ática, 2005
Av. Otaviano Alves de Lima, 4400 – CEP 02909-900 – São Paulo, SP
Atendimento ao cliente: 4003-3061 – atendimento@atica.com.br
www.atica.com.br – www.atica.com.br/educacional

IMPORTANTE: Ao comprar um livro, você remunera e reconhece o trabalho do autor e o de muitos outros profissionais envolvidos na produção editorial e na comercialização das obras: editores, revisores, diagramadores, ilustradores, gráficos, divulgadores, distribuidores, livreiros, entre outros. Ajude-nos a combater a cópia ilegal! Ela gera desemprego, prejudica a difusão da cultura e encarece os livros que você compra.

EDITORA AFILIADA

Caminhante, não há caminho.
Faz-se caminho ao andar
Antônio Machado

Sua mãe veio me procurar na semana passada, Marcelo, e estava desesperada. Contou-me que você havia deixado os estudos e saído de casa para ir morar sozinho numa praia quase deserta no estado do Rio de Janeiro. Ela me mostrou a carta que você deixou, dizendo que está farto de sua vida quadrada, certinha. "Não quero seguir os passos do meu pai e do meu avô", afirma você, "pessoas que nunca ousaram nada, que nunca descobriram nada. Quero descobrir a mim mesmo, quero descobrir o país onde vivo". Isso você pretende fazer entre pescadores.

Acho respeitável a sua vontade, Marcelo, mas fico apreensivo com a situação. Não só por causa dos eventuais riscos que você possa vir a correr, que afinal nem me parecem tão grandes assim, apesar dos temores de sua mãe, mas sobretudo pelo engano em que você possa estar incorrendo. Seu avô e seu pai não foram as figuras medíocres que você imagina; foram jovens como você, sonharam como você, descobriram coisas como você.

Sua mãe pediu que eu lhe escrevesse. Sou seu padrinho; desde a morte de seu pai, me considero responsável por você. Sim, mas escrever o quê? Conselhos? Creio que você não precisa de conselhos e muito menos, de sermão. Resolvi então fazer o que faço como escritor, e contar para você uma história. Uma não, duas histórias. Que têm como personagens, respectivamente, seu avô e seu pai. A história de seu avô, Wolf Dreizinger, eu a reconstituí a partir da narrativa que ele mesmo me fez; a história de seu pai, eu a acompanhei de perto.

Vamos a elas, então.

***

Nascido em Varsóvia, Wolf Dreizinger era filho de um casal estranho. A mãe, uma cantora sem muito sucesso, ficava horas no banheiro, entoando árias de ópera. Seu sonho era fazer parte de uma companhia lírica. Já o pai, comerciante, tinha fascínio pelas coisas secretas: a cabala, a magia negra, a alquimia. Instalara, no porão da casa, uma espécie de laboratório, onde tentava refazer as experiências dos alquimistas, para obter ouro a partir do mercúrio e de outros metais menos nobres.

Dos pais, Wolf herdou uma dupla vocação, que a seu modo transformou. No começo, queria ser ator e chegou até a desempenhar pequenos papéis no teatro da escola. Mais tarde, a química o fascinou. O pai, satisfeito com essa escolha, que lhe parecia, de certo modo, uma continuação de seu trabalho, matriculou-o numa escola técnica. Wolf se revelou um aluno brilhante. Em breve, seus professores diriam que ele nada mais tinha a aprender em Varsóvia. O pai decidiu então enviá-lo para a Alemanha. Foi uma decisão difícil.

No Caminho dos Sonhos

Wolf era o único filho e, além disso, à época, o nazismo começava sua ascensão. Mas o rapaz estava entusiasmado. De modo que o pai vendeu umas poucas coisas que tinha, inclusive as antigas retortas nas quais fazia as experiências de alquimia, e arranjou o dinheiro necessário. A despedida foi comovente. Na estação, a mãe entoou uma pungente ária de Verdi diante de uma pequena multidão que soluçava. Por fim, Wolf os abraçou e se foi.

Em Berlim concluiu com êxito seu curso de química. Tinha então apenas dezenove anos. Logo arranjou um estágio numa grande indústria de explosivos. Era um assunto que nunca interessara a Wolf, mas que agora estava na ordem do dia. Dezenas de químicos trabalhavam no estabelecimento, procurando novos e mais potentes explosivos. A fábrica dispunha de um grande lugar subterrâneo para testes, e dali se ouvia, dia e noite, o surdo ribombar das explosões. Nas cartas que escrevia aos pais, Wolf omitia o tipo de trabalho em que estava envolvido; não queria desgostar aquelas pessoas pacíficas e bondosas. Preferia dizer que estava pesquisando tecidos sintéticos. Os pais ficavam satisfeitos, e a pequena mentira não chegava a pesar muito na sua consciência. Levava uma existência modesta. Levantava cedo, ia para o laboratório, onde passava o dia inteiro trabalhando. À noite voltava para sua humilde pensão, um lúgubre estabelecimento, cujo teto imitava um céu escuro recamado de estrelas e planetas, e ali ficava, lendo ou ouvindo música. A dona do local, uma velha estranha, raramente dirigia a palavra a ele, a não ser para lembrar que o fim do mês estava próximo, e que prezava a pontualidade nos pagamentos mais que qualquer outra coisa na vida. Com os demais hóspedes, quase todos pessoas de idade avançada, Wolf também não falava muito. Às quartas ia ao cinema, e aos sábados a um cabaré das redondezas, o *Schatzi*, cujas mesas eram dotadas de telefones pelos quais era possível falar com as bailarinas da casa. Lá pelas tantas Wolf convidava uma delas para dançar, tratava o preço e iam para a casa de cômodos ao lado.

Nesse meio-tempo Hitler tinha subido ao poder e Wolf, judeu, começava a ser hostilizado. Até então raramente se apercebera de sua condição judaica. Os pais não haviam dado a ele uma educação religiosa ou tradicional. Os poucos e tolos incidentes antissemitas em que se envolvera não o haviam motivado para o judaísmo. Considerava-se um cientista, um cidadão do mundo. Isso, entretanto, não o salvou de, certa tarde, ser chamado ao escritório da companhia. Ali encontrou um homem, que pelas roupas e pelo jeito de falar não teve dificuldade em identificar como um membro da polícia secreta, a Gestapo. Foi interrogado demoradamente sobre sua vida e os motivos que o tinham levado à Alemanha. Respondeu tudo de maneira sincera, mesmo

porque acreditava na verdade, no supremo poder da verdade. O homem quis saber em que projeto estava envolvido e ele contou que pesquisava um novo explosivo à base de materiais sintéticos, muito mais barato e eficaz. O agente perguntou quem mais estava trabalhando no assunto e ele disse que ninguém: era uma linha de pesquisa que desenvolvera por conta própria, com o apoio da direção da fábrica.

Desde então Wolf Dreizinger começou a ser seguido. Mesmo no *Schatzi* notava, ocasionalmente, a presença de um homem baixo, atarracado, de capa e óculos escuros, sentado a uma mesa não distante da sua: um agente secreto, sem dúvida. Não se importava. Não tinha feito nada de mal. Além disso, sua pesquisa entrara numa fase decisiva e ele não conseguia pensar em outra coisa. Sentia-se à beira de uma grande descoberta. Muitas vezes acordava no meio da noite, exultante, e corria a tomar nota de uma ideia que lhe ocorrera. Lembrava-se, a propósito, do grande Kekulé, o famoso químico que durante muito tempo procurara, inutilmente, uma forma para o núcleo do benzeno. Uma noite, exausto, Kekulé adormecera e sonhara com uma serpente que mordia o próprio rabo, o Ouroboros dos alquimistas. Pensou então que o

núcleo benzênico deveria ter essa forma: seis átomos de carbono formando um anel ou um círculo. O círculo mágico, o fim unido ao princípio.

Em setembro de 1939 Hitler invadiu a Polônia. Wolf não podia mais ignorar a situação. Não recebia notícias dos pais, não sabia o que pensar. Implorou a seu chefe que o deixasse viajar; o homem não consentiu. A direção estava muito interessada nas suas pesquisas.

— Além disso — concluiu, depois de certa hesitação —, a Gestapo não deixaria.

Meses se passaram antes que Wolf ficasse sabendo que seus pais haviam morrido num campo de prisioneiros. Caiu então num terrível desespero. Durante três dias ficou deitado, imóvel, sem comer, sem responder às perguntas dos hóspedes da pensão. Quando finalmente se recuperou um pouco, tinha tomado uma decisão: deixaria a Alemanha, e se possível a Europa.

Para onde?, ele se perguntava enquanto olhava, no laboratório, as retortas a borbulhar. Quem trouxe a resposta foi a mulher que limpava o laboratório, uma portuguesa simpática com quem Wolf tinha aprendido algumas palavras do idioma de Camões.

— Ó senhor Wolf — perguntou ela —, por que não vai Vossa Senhoria para o Brasil? Aquilo é um país novo, as coisas lá estão começando, o senhor terá muitas oportunidades.

Wolf achou boa a ideia, tanto mais que a mulher forneceu a ele o nome de um sobrinho que trabalhava na embaixada do Brasil em Lisboa e que poderia ajudá-lo.

Milagrosamente conseguiu licença para ir a Portugal, e assim partiu. Antes de viajar destruiu, para que ninguém as

lesse, todas as anotações que deixara no laboratório, inutilizou as amostras em que trabalhara; os nazistas jamais se beneficiariam de suas pesquisas. Foi para a estação, tomou um trem e de manhã estava em Lisboa. Alojou-se num hotel e de imediato foi procurar o sobrinho da portuguesa.

O rapaz o atendeu com muita gentileza, mas disse que não podia garantir nada. A embaixada brasileira não estava fornecendo vistos a refugiados, especialmente aos que vinham da Alemanha nazista.

— Daqui a umas semanas talvez a coisa mude. Volte a me procurar, senhor Wolf.

Não havia outro jeito. Ele tinha de esperar, apesar da ansiedade, que crescia dia a dia, hora a hora. O dinheiro era pouco, seu prazo de permanência em Portugal se esgotava rapidamente. Em desespero, vagueava da Alfama para Cascais, do Chiado para a Mouraria. Uma bela cidade, aquela, mas Wolf não estava em condições de apreciar seus encantos, nem mesmo de saborear o gostoso vinho português. Tudo o que queria era embarcar de uma vez rumo ao Brasil.

De novo, notou que vinha sendo seguido. Em princípio pensou que, perturbado como estava, andava imaginando coisas. Mas logo se deu conta de que não era imaginação. Um homem alto, de sobretudo, chapéu e os indefectíveis óculos escuros o seguia pelas ruas de Lisboa.

Ficou tão angustiado que pensou até em suicídio. Chegou mesmo a pedir ao dono do hotel um veneno para os ratos que, segundo ele, volta e meia trotavam por seu quarto. O homem o olhou com suspeita, mas deu a ele um pacote de raticida. Wolf subiu para o quarto, dissolveu o pó cinzento num copo d'água e ia tomá-lo, quando mais uma vez sentiu a fúria se apossar dele. Não, não morreria. Não daria aos nazis o prazer de se livrarem dele tão facilmente. Viajaria para o Brasil, nem que fosse a última coisa de sua vida; daria um jeito de fazer com que os ingleses recebessem informações sobre suas pesquisas. Essa ideia o animou tanto que chegou a dançar de absurda alegria. Porém, logo em seguida se sentou na cama, arrasado. Não conseguira o visto. Não tinha como sair de Portugal.

Foi então que leu no jornal uma notícia sobre a Expedição Cabral.

Antônio Cabral, empresário teatral que se dizia descendente de Pedro Álvares, pretendia, a exemplo de seu antepassado, navegar para o Brasil numa caravela que seria uma réplica perfeita das embarcações usadas à época dos descobrimentos marítimos. Um projeto arrojado, "digno dos navegadores d'antanho", como declarava nas entrevistas à imprensa. O próprio Cabral comandaria o veleiro. Sua experiência de mar era quase nenhuma: ocasionalmente pilotava um pequeno iate de sua propriedade, com o qual, aliás, tinha naufragado duas vezes, mas confiava em seu "sangue de navegador" para vencer a longa distância.

De um grande banco, Cabral tinha conseguido o financiamento necessário à construção da caravela. Essa tarefa, encomendara-a a um famoso construtor de barcos, Mestre Agostinho. Já aposentado, o velho Agostinho relutara muito antes de aceitar o trabalho. Temia associar seu nome a um empreendimento duvidoso. Mas então tivera um sonho, em que viu a si próprio numa ilhota deserta, em meio a um vasto e tempestuoso oceano. Indagava-se sobre o que fazia ali, quando de repente avistara, caminhando sobre as águas, Jesus

Cristo. Galgando o topo de uma grande onda subitamente imobilizada, o Messias dissera: "Faze-me uma caravela, mas cuida para que não violentes a madeira com o ferro".

Ora, justamente naqueles dias, Agostinho andara pensando, ociosamente, julgava, pois não pretendia trabalhar nisso, num tipo especial de cravelha de madeira, capaz de juntar os mais grossos caibros. Considerou, pois, o sonho um desígnio divino. Aceitou o convite e pôs logo mãos à obra, com ajuda de numerosos auxiliares. Em breve tinha pronto o casco, todo em madeira de lei, capaz de resistir aos embates do mar. Nenhum prego fora utilizado.

A viagem ao Brasil, em caravela, constituía-se um empreendimento arrojado, quase delirante, mas tinha precedentes. Já na década de 20, Gago Coutinho e Lindbergh haviam atravessado o Atlântico em aeroplano. De outra parte, a travessia do Canal da Mancha se tornara coisa comum; para a África, seguiam várias expedições. Os jornais noticiavam essas coisas; de um lado, por seu aspecto sensacional e, de outro, porque muitos leitores queriam reportagens interessantes que desviassem sua atenção dos horrores da guerra. Desse ponto de vista, a Expedição Cabral tinha um caráter único. A caravela transportaria, além dos tripulantes, um grupo de atores e figurantes que fariam, no Rio de Janeiro, uma encenação em vários atos, denominada *Evocação do Brasil*: um retrospecto da história brasileira em sucessivos quadros, começando com a descoberta e terminando com uma grande apoteose, um espetáculo carnavalesco ao qual o público deveria aderir. Para essa encenação é que Cabral estava recrutando gente: atores profissionais e também figurantes, dispostos a trabalhar por amor à arte e à aventura.

Wolf Dreizinger pôs o jornal de lado e ficou refletindo. No convite de Cabral estaria a solução de seu problema. Não precisaria de visto algum para viajar. A caravela, como aliás Cabral deixava claro, era território português; os viajantes não precisavam sequer de passaporte. Assim, ele poderia viajar para o Brasil sem maiores dificuldades. Entraria no país clandestinamente, escondendo-se em alguma pequena cidade, ou mesmo na selva. A imagem que tinha do Brasil era esta: um vasto território coberto de florestas impenetráveis. Foi procurar Antônio Cabral, que o recebeu gentilmente e se dispôs a ouvi-lo. Wolf contou, no seu português arrevesado, que tinha sido ator teatral na juventude e que estava em busca de uma oportunidade de trabalho. Além disso, gostava de viajar e...

— O senhor é alemão? — interrogou Cabral.

— Sou — disse Wolf, e se sentiu corar. Não costumava mentir; mas não podia revelar sua condição de refugiado judeu.

— Notei pelo sotaque — disse Cabral, e passou a falar de sua admiração pelo nazismo: Hitler era um grande homem, ia varrer da Europa os comunistas e os judeus, completando a obra de Franco e Salazar. — O problema — suspirou — é que o *script* não prevê nenhum alemão... A menos que...

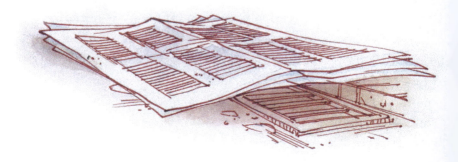

Olhou fixo para Wolf:

— A menos que o senhor faça o papel de Hans Staden. O senhor conhece a história de Hans Staden, decerto.

Wolf não tinha a menor ideia de quem era Hans Staden, mas se apressou a concordar:

— Hans Staden, claro, conheço.

— Eu teria de acrescentar algumas cenas ao roteiro — continuou Cabral, agora animado com a própria ideia —, mas isso não seria problema. E a inclusão desse personagem na encenação se constituiria numa homenagem à Alemanha, que, tenho certeza, o doutor Getúlio Vargas vai apreciar. Todos conhecem a simpatia dele pelos regimes fortes.

Pôs-se de pé.

— Amigo — disse solene —, seja bem-vindo à Expedição Cabral! — Apertaram-se as mãos.

— Isso exige uma comemoração — disse o sorridente Cabral e tirou do armário uma garrafa de vinho do Porto e dois cálices. — Brindemos ao nosso êxito. — Olhou para Wolf, curioso. — A propósito, não sei o seu nome.

— Hans — mentiu Wolf, e agora numa voz firme, que até a ele surpreendeu. Já tinha aprendido a mentir? Nada como o desespero para ensinar as coisas. — Hans Schmidt. Sou de Munique.

— Hans? — Cabral, encantado. — O nome de seu personagem! Mas é mesmo uma notável coincidência. A propósito, já vou avisando: a bordo, todos se tratarão pelos nomes de seus personagens. É uma estratégia que uso para familiarizar os atores com o texto. — Apanhou o paletó.

— Venha, vou mostrar a você a caravela, que está quase pronta. É no cais, aqui perto.

Quando chegaram ao local, Wolf não pôde conter uma exclamação de assombro; era mesmo uma réplica perfeita das caravelas cujo desenho ele vira tantas vezes em seus livros de História.

— Não é uma beleza? — disse Cabral, orgulhoso. — Reproduz as naus antigas nos mínimos detalhes. Venha, vamos subir.

No convés, encontraram Mestre Agostinho, que encaixava a roda do leme. Cabral os apresentou:

— Este é Mestre Agostinho... Este aqui, Mestre, é o nosso amigo Hans Schmidt, que vai fazer um papel na encenação.

Mestre Agostinho não dizia nada. Olhava fixo o pobre Wolf, tão fixo que até Cabral se sentiu incomodado:

— Que é isso, Mestre Agostinho? O senhor não vê que está perturbando o meu convidado?

— Cuidado — disse o velho — para que não violente a madeira com o ferro.

— Lá vem você de novo com os ditos enigmáticos — disse Cabral, bem-humorado. — Não se incomode, amigo Hans. Mestre Agostinho é assim mesmo. Esquisito, mas boa pessoa. E um grande construtor de barcos. Venha, vou lhe mostrar as acomodações.

Puxou-o pelo braço enquanto dizia a meia-voz:

— Não ligue, amigo, esse velho é completamente louco.

Embora reproduzisse a caravela do almirante Cabral em todos os detalhes, o barco, *Lusíada*, era bem maior. Porque, como explicava o empresário, não se poderia viajar tantos

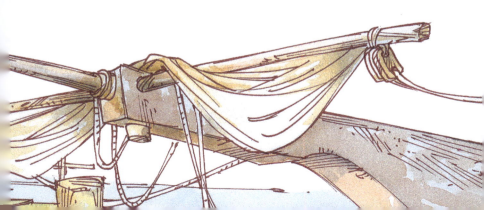

dias sem um mínimo de conforto. Havia vários camarotes, o maior deles, uma verdadeira suíte, destinado ao próprio Cabral; outros menores, reservados aos atores, e um alojamento coletivo, para os figurantes.

— Aqui vai a negrada — disse Cabral, com uma careta.

— Os índios também têm um alojamento... O que é que se vai fazer, essa gente também faz parte da História, não é mesmo?

Terminaram de percorrer o veleiro, voltaram ao escritório de Cabral. Lá se despediram:

— Então é isso — disse o empresário. — Agora só precisamos ver a parte de Hans Staden... — E pensativo: — Talvez um monólogo... O homem que vai ser devorado pelos índios medita sobre sua triste sina...

Devorado pelos índios? Aquilo deu a Wolf uma sensação desagradável, um mau presságio. Sorriu, forçado.

— O que o senhor disser, eu farei. Sou um ator disciplinado.

— É disso que eu gosto! — Cabral, encantado. — De disciplina! É o que falta a nós, latinos! Disciplina! Tenho certeza, senhor Hans, de que o senhor será um exemplo para todo o elenco! — Fechou a cara. — E bem que será necessário. O senhor verá. Atores são pessoas muito insubordinadas. Até subversivos existem entre eles... Tive de aceitar, o senhor sabe como é... Não se pode exigir muito, senão ficamos sem ninguém. Mas conto com sua ajuda.

Despediram-se mais uma vez, e Wolf saiu. Foi direto para a biblioteca pública e pediu um livro sobre Hans Staden. Ficou sabendo, então, que se tratava de um marinheiro alemão, cujo navio naufragara nas costas brasileiras. Capturado pelos índios, Hans Staden passara maus momentos. "Espero que o mesmo não aconteça comigo", suspirou o pobre Wolf, e não pôde deixar de derramar uma furtiva lágrima; lembrava-se dos pais, a quem nem sequer pudera consolar no momento da morte.

Pediu também vários livros sobre o Brasil. Alguns eram ilustrados, e as paisagens que Wolf viu o deixaram arrebatado: aquilo era um verdadeiro paraíso. Que importava deixar a Europa para trás? A civilização? Que civilização era aquela que produzia um Hitler, que assassinava pessoas inocentes?

Voltando para o hotel, recebeu uma notícia inquietante: alguém andara por lá, perguntando por ele. "Um homem com sotaque alemão", disse o gerente, com um ar cúmplice que só fez deixar Wolf ainda mais assustado. Que o misterioso visitante era o agente nazista, disso estava certo. Aliás, os nazistas se moviam em Lisboa com tanta facilidade que não havia por que se admirar. O problema era saber o quanto o agente já estava a par de seus movimentos. O que lhe teria dito o gerente do hotel?

Aquele sorriso cordial. Que traição se esconderia atrás daquele sorriso? Como se adivinhasse tais pensamentos, o homem se inclinou sobre o balcão, tomou-o pelo braço e, com uma expressão séria no rosto, sussurrou:

— Não tema. Também sou descendente da nação e quero ajudá-lo. O senhor tem de fugir.

Um descendente da nação. Sim, Wolf sabia de que estava falando. Os antepassados dele eram cristãos-novos, judeus convertidos. O homem continuou, a meia-voz:

— Temo que planejem sequestrá-lo. O senhor não seria o primeiro. Fuja!

Wolf pegou a chave, entrou no quarto e se trancou. Nervoso, andava de um lado para o outro. Que fazer? Fugir? Já não acreditava que isso fosse possível. Temia que a qualquer momento os agentes nazistas invadissem seu quarto.

Tomou uma resolução. Apanhou lápis e papel e se pôs a redigir um informe de tudo quanto lembrava sobre a pesquisa de novos explosivos na Alemanha nazista, explicando seu próprio trabalho e o de outros colegas. Pretendia entregar o documento ao gerente do hotel, para que ele o fizesse chegar às mãos dos ingleses. Escrevia furiosamente, mas quando o dia clareou se sentiu invadido pelo desânimo; não tinha chegado nem à metade.

Às oito horas o telefone tocou. Era o empresário Cabral, muito empolgado:

— Imagine, senhor Hans, que Mestre Agostinho e seus homens trabalharam toda a noite e conseguiram terminar a caravela! Temos condições de partir hoje mesmo, aproveitando os ventos favoráveis!

— Hoje? — Wolf, aturdido. — Mas eu ainda...

— Hoje, sim — insistiu Cabral. — Se queremos chegar ao Brasil à época do Carnaval, temos de sair o quanto antes. Peço que apronte suas coisas. Partimos às três da tarde. As autoridades já estão todas avisadas, a imprensa também. Será um grande evento.

Deu a Wolf um endereço: tratava-se de uma loja especializada em roupas típicas. Wolf deveria ir lá buscar os trajes que, no papel de Hans Staden, usaria na encenação.

Wolf desligou o telefone e espiou pela janela. Sim, o agente já estava lá. Que fazer? Em desespero, resolveu recorrer ao gerente.

— Pode deixar que o ajudo — sussurrou o homem ao telefone. — Arrume suas coisas e desça aqui.

Wolf enfiou suas poucas coisas na maleta, guardou no bolso do paletó o manuscrito e desceu. Tremia tanto que o gerente do hotel teve de acalmá-lo:

— Não se preocupe, tudo vai dar certo.

Levou-o para os fundos e o ajudou a pular o muro da casa vizinha, que estava abandonada. Wolf saiu por um velho e enferrujado portão, e se viu numa ruazinha tranquila, deserta. A ideia de que tinha enganado o agente secreto nazista, e de que o homem continuava lá, vigiando a frente do hotel, encheu-o de absurda satisfação. Contudo, não podia perder tempo; tinha de ir até a loja, e de lá ao escritório de Cabral.

Teve alguma dificuldade em encontrar o estabelecimento, pois Cabral fornecera o número errado. Lá chegando, Hans se deparou com outro problema: o homem tinha uma roupa adequada ao papel, vestes do século XVI, mas eram muito grandes. Wolf teve de esperar que uma costureira diminuísse um pouco a cintura e as mangas. Quando o serviço ficou concluído, já eram quase duas da tarde. Gastou seu último dinheiro num táxi para o cais e chegou bem na hora: Antônio Cabral, agitado, já havia ligado várias vezes para o hotel; pensara até em chamar a polícia.

— Graças a Deus que o senhor chegou! Podemos agora levantar âncoras!

A partida foi festiva. Era uma bela tarde de sol em Lisboa. As imediações da Torre de Belém estavam cheias de gente. Os discursos se sucediam: Cabral falou, e logo o prefeito, e o ministro da Marinha. Da amurada, Wolf olhava a multidão. De repente, estremeceu; acabava de avistar, entre as pessoas que acenavam, a figura sinistra e já familiar do agente secreto. Instintivamente recuou, ocultou-se atrás do mastro, o coração batendo acelerado. O que estaria fazendo ali o seu implacável perseguidor? Será que o havia identificado entre os membros da Expedição Cabral? Ou teria vindo apenas movido pela curiosidade, como tantos outros? Esta última era uma hipótese à qual se aferrava, mas que infelizmente era pouco provável. O homem caminhou até a beira do cais, e Wolf teve a nítida impressão de que ele pretendia saltar para a caravela, o que o encheu de pavor. Nesse momento, porém, uma banda de música começou a tocar, os marinheiros soltaram as amarras e a caravela se afastou lentamente do cais. O vento enfunou as grandes velas, e o majestoso barco, a madeira envernizada brilhando ao sol, tomou seu rumo, em direção à foz do Tejo.

Como todos que ali se encontravam, Wolf Dreizinger não pôde conter um brado de entusiasmo. Estava salvo! Salvo do agente, salvo dos nazistas! Ao diabo com todos eles, ao diabo com o passado! Uma nova vida agora se iniciava. Uma vida cheia de dúvidas e incertezas, sim, mas isso não tinha importância. Qualquer coisa seria melhor que um campo de concentração. Sentou-se num rolo de cordas e ficou observando, interessado, o trabalho dos marinheiros, que subiam e desciam dos mastros com espantosa agilidade.

Tão logo a caravela se fez ao largo, um sino soou. Era Cabral, convocando todos ao convés. E ali Wolf viu, pela primeira vez, as pessoas com quem conviveria naqueles dias: os atores de *Evocação do Brasil*, todos, como ele, caracterizados segundo seus papéis, até mesmo os negros e os índios. Não houve tempo para apresentações, porque Cabral, da ponte, já iniciava um emocionado discurso:

— Quero que todos sigam o exemplo glorioso de nossos antepassados lusitanos, daqueles que há quatro séculos ousaram desafiar os mares nunca dantes navegados de que falava Camões, em busca de terras desconhecidas. Quero que vocês pensem nesse país que, em imaginação, vamos descobrir: o Brasil.

Terminou pedindo que todos se imbuíssem do significado da missão:

— Os marujos, sempre a postos. Os atores ensaiando, vivendo seus papéis de manhã, de tarde, de noite. Quem for príncipe, que seja príncipe de manhã, de tarde, de noite. Quem for escravo, escravo de manhã, de tarde e de noite. E que Deus esteja conosco!

Nesse momento, foi hasteado, ao lado da bandeira de Portugal, o estandarte da família Cabral, desenhado por seu tataravô, contendo as armas da família: uma caravela, em

No Caminho dos Sonhos | 29

campo de ouro, encimada por uma coroa de Cristo atravessada por cruz de Gales, rodeada por dezesseis lambéis de blau, cinco escudetes de azul, doze pingentes de lisonja, três besantes de prata, uma coroa aberta com treze florões, cinco grandes e oito pequenos, ornados de rubis e safiras; e um castelo de ouro, aberto e iluminado de negro.* Todos aplaudiram, entusiasmados. Cabral sorria, feliz. A cerimônia foi encerrada, e eles se dirigiram a seus alojamentos. A Wolf Dreizinger tinha sido designado um pequeno camarote. Era um compartimento escuro e abafado, e Wolf, que nos últimos tempos passara a sofrer, por compreensíveis motivos, de claustrofobia, previu que se sentiria mal ali. De fato, naquela noite, enjoado, não pôde comparecer ao jantar que Cabral oferecia aos atores. No dia seguinte a situação piorou. O mar estava muito agitado. Vomitava o tempo todo num balde que os marinheiros lhe tinham dado. Finalmente a caravela parou de jogar e ele, enfim, apareceu no convés. Cabral o apresentou a seus companheiros de viagem, os atores e atrizes de *Evocação do Brasil*, que, muito amáveis, procuravam-no para se apresentar. Um jovem elegante, de bigode e costeletas, esse era Dom Pedro I, surgia em cena proclamando a Independência do Brasil e parecia muito cônscio de sua importância, pois caminhava empertigado, olhando sobranceiro para os demais. Um homem de barba branca e olhar triste, usando uma casaca preta, era, para surpresa de Wolf, Dom Pedro II, filho de Dom Pedro I. Sua melancolia até certo ponto se explicava, porque, como Wolf logo ficou sabendo, a ele caberia entregar o governo aos

* Termos da heráldica, a arte dos brasões.

republicanos, rumando em seguida para o exílio, numa cena que tinha como título "O último baile da ilha Fiscal". Dom Pedro II andava sempre acompanhado da Princesa Isabel: no palco, sua filha; na vida real, sua sobrinha. Era também prima em segundo grau de Antônio Cabral. Ou porque sentia algo pela moça ou para protegê-la de olhares malévolos, o certo é que Cabral a escoltava constantemente. Era uma moça alta e elegante, de olhos e cabelos negros e tez pálida, bem ao gosto romântico. Wolf admirava a sua beleza, mas não ousava sequer se aproximar; um refugiado, um escorraçado, dirigir a palavra a uma aristocrata? Não se atrevia.

Em compensação, logo fez amizade com José Reis, que viveria o papel de Tiradentes. Ator conhecido, José Reis já estivera na cadeia por causa de suas severas críticas contra a ditadura portuguesa. Wolf o vira numa versão de *Macbeth*, espetáculo franqueado ao público, mas com coleta para a causa da liberdade de imprensa. Ficara entusiasmado com o desempenho do ator, um homem ainda jovem, de barba negra e olhos brilhantes. Da primeira vez que conversaram, falou ao ator de sua admiração por ele, demonstrando surpresa por vê-lo ali, num elenco composto de amadores.

— Eles me obrigaram a vir — disse o ator. — Precisavam se livrar de mim por uns tempos. Eu os perturbava demais, e na cadeia já não podiam me botar. — E acrescentou, com um sorriso irônico: — Mas vão se arrepender. Não imaginam a surpresa que tenho preparada para eles. Em vez de seguir o *script*, improvisarei. E farei um verdadeiro comício pela liberdade, como o faria Tiradentes.

Wolf teve de confessar que não sabia a que o outro estava se referindo.

José Reis abriu um manual ilustrado de História do Brasil e começou a explicar:

— Este aqui é Joaquim José da Silva Xavier, o Tiradentes.

Wolf se mostrou assombrado com a semelhança física entre os dois.

— Não é mesmo? — O ator, satisfeito. — Devo dizer, contudo, que isso não é por acaso. Deixei crescer o cabelo e a barba como ele; além disso, procurei viver imaginariamente a sua história.

Uma pausa, e prosseguiu:

— É uma história de luta e traição; nela, sou o ingênuo, o idealista. Tudo começa com as absurdas exigências da Coroa portuguesa em relação ao Brasil. Ávido por ouro, Portugal

ordena a cobrança dos quintos atrasados; é publicada a derrama. Organiza-se a Inconfidência Mineira. São jovens de boa família, egressos de universidades europeias, que, influenciados por ideias liberais, querem se libertar do jugo da metrópole. Fascinado por essas ideias, eu, que ao contrário dos outros sou apenas um dentista, torno-me a alma da conspiração. Aqui estou, no meio dos inconfidentes... Vê como brilham meus olhos... Coisa incrível a fé que tenho no movimento. *Libertas quae sera tamen*: este lema me emociona; os versos arrebatados de Cláudio Manuel da Costa me arrancam lágrimas. "Que se proclame a República!", brado em reuniões. "Que se estabeleça o serviço militar obrigatório, que se deem prêmios às mães de muitos filhos."

Vira a página.

— Mas um traidor, Joaquim Silvério dos Reis, este aqui, me denuncia. Meus passos são ostensivamente vigiados. Resolvo ir ao Rio de Janeiro, e lá reclamo ao vice-rei dessa vigilância. Negam-me o passaporte... Estou em perigo... Escondo-me no sótão de uma casa na rua dos Latoeiros... Descobrem-me... Aqui estou eu, no momento mesmo da prisão. Observe que mantenho a dignidade... Eles não conseguem me humilhar. Outros inconfidentes também são presos. Somos interrogados. Tomás Antônio Gonzaga conta tudo. Cláudio Manuel da Costa diz que estava brincando e se enforca. José Álvares Maciel? Ora, cogitara apenas hipoteticamente a revolta. Alvarenga se pôs a compor odes à rainha de Portugal.

Nova pausa.

— No começo, eu nego. Três vezes nego. De repente algo acontece comigo e resolvo assumir tudo. Eu bem queria saber que algo é esse, Hans, seria importante saber, seria uma receita de vida, uma revelação, um alumbramento, mas infelizmente o *script* nada menciona a respeito. Sou condenado à morte por enforcamento com infâmia. Minha execução é marcada para 21 de abril de 1792. Preparam impressionante cerimônia na praça da Lampadosa. Todas as tropas do Rio de Janeiro participam, em uniforme de gala! Intensa movimentação de populares! Grande cortejo me acompanhará ao cadafalso!

Ele se dá conta de que está gritando.

— Desculpe-me, quando me entusiasmo sou assim mesmo — baixa o tom de voz, e prossegue: — Na cela, recebo o carrasco que me traz a alva.* Tiro a roupa. Ali estou, nu diante do carrasco, diante do público. Nu, completamente nu. Evocando Cristo, digo então: "Meu Redentor também morreu nu para nos salvar". Entre padres, sou levado pelas ruas. Nas ruas, uma multidão. Todos me olham. No céu gloriosamente azul, resplandece o sol brasileiro, o sol da vida. Dentro em breve não mais brilhará para mim. Dentro em breve será a escuridão total, infinita. Mas vou firme. Não fraquejo. Subo os degraus do cadafalso. Segundo o *script* devo pedir ao carrasco, em tom severo, que abrevie a execução: "Carrasco, faça o favor de abreviar a execução". "Sim, senhor", responderá ele, polidamente, pois é conhecido entre amigos e familiares como homem bem-educado. Coloca o baraço em meu pescoço. O alçapão se abre, e ali estou, pendendo, enforcado. Meu corpo balança, para lá, para cá, enquanto fala um religioso. Para exortar o povo à obediência cita o Eclesiastes: *In*

---

* Túnica branca que os condenados à morte vestiam para a execução.

cogitatione tua regi ne detrahas, ou seja, não traias o teu rei nem em pensamento.

José Reis vira a página.

— Aqui, uma cena do enforcamento... Olhe quanta gente... Outra página.

— Aqui estou eu, já esquartejado... Aqui as partes do corpo espetadas em postes... Olhe que coisa dramática esta mão que aponta para o céu... E este pé, que parece uma bandeira desfraldada... Aqui o lugar onde estava minha casa, que foi arrasada... No terreno eles mandam espalhar sal... Sal é um produto caro, mas eles não se importam de gastar. Querem que o solo fique impregnado de sal, querem que nada cresça ali.

Calou-se, ofegante. Wolf não sabia o que dizer. José Reis continuou:

— Sou um radical. Mas tenho de reconhecer que me falta coragem. Certa vez, por exemplo, pensei numa ação espetacular contra a ditadura. Foi na estreia de *Macbeth*. Salazar estaria presente, sabia que ele viria ao palco, após o espetáculo, para cumprimentar os atores. Pensei em recusar sua mão... Pensei em bradar algo como: "Não aperto a mão de um tirano...". Pensei em lhe dar uma bofetada... Não fiz nada disso. Não tive coragem. Também pensei em lutar na Espanha contra os fascistas... Não fui. Não fiz nada. Só representar, representar, representar. Mentir, mentir, mentir.

José Reis via na viagem para o Brasil uma chance de continuar sua luta pela liberdade. Não pretendia ficar no Rio de Janeiro ou em São Paulo, mas penetrar no coração da selva levando a pequenas comunidades distantes a mensagem do teatro. Apresentaria no Xingu o monólogo de

No Caminho dos Sonhos | 37

Hamlet; Brecht em Marajó. Em troca de nada: comida, roupa velha, pagamento simbólico. Seu objetivo principal seria levar cultura ao povo.

— É uma coisa pela qual vale a pena viver, não acha?

Wolf concordava. As ideias de José Reis lhe pareciam um tanto esquisitas, mas ele não queria contrariar o ator, cuja generosidade admirava.

Os dias transcorriam amenos; ventos favoráveis enfunavam as velas, a caravela deslizava num mar plácido. Cabral, sempre vestido como almirante, dava ordens: — "Soltem as bujarronas! Passem os colhedores nas bigotas! Enverguem o pano de proa! Amarrem o traquete de estai!" —, que os marinheiros obedeciam, não sem sorrir, irônicos.

Os ensaios tiveram início, dirigidos pelo próprio Cabral, que também aparecia em cena, já no primeiro quadro, fazendo o papel de seu famoso antepassado. A cena mostrava um diálogo entre o almirante e os indígenas do Brasil.

Esses índios, três, eram guaranis. Tinham ido a Portugal participar da exposição comemorativa ao centenário da Independência do Brasil, em 1922, e lá haviam ficado. Um era bastante velho, mas os outros dois eram homens ainda jovens e vigorosos. No dia do embarque tinham vestido trajes civilizados, mas logo os haviam abandonado pela tanga. Ficavam acocorados no convés, quietos, imóveis.

Um deles tinha a pálpebra esquerda destruída, por alguma doença do trópico ou por um traumatismo. Quando cochilava ao sol, o olho direito se fechava mas o esquerdo permanecia aberto, revirado para cima. A visão desse olho branco causava a Wolf indizível repulsa.

Script na mão, Cabral explicava aos índios a cena:

— Vocês entram. Já me encontram no palco, sentado numa cadeira, com os pés apoiados na alcatifa.* Minhas vestes são luxuosas. Estou usando um colar de ouro. Um de vocês olha esse colar e faz acenos para a terra recém-descoberta, representada em cenário, e para o colar, como a me dizer que há ouro ali. Eu, naturalmente, faço uma cara alegre. Mostro um papagaio, vocês o tomam logo na mão e acenam para a terra. Mostro um carneiro, vocês dele não fazem caso. Mostro uma galinha, vocês têm medo e se recusam a pôr a mão nela. Depois a pegam, mas espantados. Os marinheiros então oferecem a vocês comida: pão e peixe cozido, confeitos. Os três não comem quase nada. E, se provam alguma coisa, logo a lançam fora. Os marinheiros em seguida trazem vinho em uma taça; não gostam nada da bebida, nem querem mais. Um de vocês vê umas contas de rosário brancas, apreciam muito aquilo e as mete no pescoço. E depois logo as devolve. Então vocês se atiram de costas na alcatifa e dormem.

Os índios o ouviam, impassíveis.

— Entenderam? — perguntava Cabral.

— Sim — respondiam.

— Entenderam mesmo? — Cabral, suspeitoso. Não confiava naqueles selvagens: tinha certeza de que roubavam comida e estavam preparando alguma safadeza. Talvez fossem até assassinos em potencial, canibais. Ordenara aos marinheiros que os vigiassem de perto e, como precaução adicional, trancava sempre a porta da cabine. Dos negros não gostava, mas não os temia, julgava-os conformados, inofensivos. Mas os índios... pérfidos. E indolentes: passavam o dia sen-

---

* Tapete.

tados ao sol, sem fazer nada. "Por isso é que aquele país não foi para a frente", dizia, rancoroso.

Temia que os índios estragassem o espetáculo no desembarque. Insistia, pois, nos ensaios:

— Vamos ver se vocês entenderam mesmo. Quando entrarem eu estarei sentado em uma cadeira etc. O que fará um de vocês?

Os índios, quietos.

— Vamos lá — dizia Cabral, a custo contendo a irritação.

— O que fará esse um?

Nenhuma resposta. Cabral se punha de pé, lívido. A vontade que tinha então era de esbofetear os selvagens, de quebrar a cara deles, de atirá-los pela borda: "Aos tubarões, patifes!". Mas não podia fazer isso, não podia porque aqueles eram seus índios, eram os índios de que dispunha, não tinha como substituí-los na encenação. Nenhum marinheiro, por mais maquiado que estivesse, passaria por aborígene, de modo que o jeito era engolir a raiva e começar tudo de novo.

— Vamos lá, rapazes... Quando vocês entrarem...

Concluído o ensaio com os índios, era a vez dos negros. Cabral trouxera seis de Angola. Atuavam como figurantes e empregados, encarregavam-se da faxina do convés e da limpeza dos camarotes. Um deles, Zumbi, seria o chefe de uma rebelião, numa cena denominada "Os últimos momentos de Palmares". Zumbi era um negro enorme, de olhos injetados; executava as tarefas a bordo com evidente má vontade, o que deixava Cabral furioso: "Com essa gente, só mesmo a chicote", resmungava.

O único que não precisava trabalhar era um negrinho conhecido como Saci. Aleijado, não tinha a perna direita, devorada, segundo dizia, por um leão na selva angolana. Apesar do defeito físico, movia-se com incrível agilidade. Esse moleque risonho e bem-disposto faria sozinho um quadro intitulado "lendas brasileiras"; representaria o papel de Saci, decerto, mas também contaria histórias da Cuca, da Mula sem cabeça, da Iara, do Negrinho do Pastoreio, do Caapora. Recitara esses textos a Wolf Dreizinger, a quem, por alguma razão, se afeiçoara e chamava de padrinho.

— Quer ouvir a história da Cuca, padrinho? Os dois iam para um canto do convés. Sentado sobre o rolo de corda, Wolf escutava, encantado, o negrinho narrar a história, em versos, do sinistro personagem. Ensaiar com os negros era, para Cabral, quase tão difícil quanto ensaiar com os índios. Ele os reunia no convés e explicava:

— Vocês, negros, foram trazidos ao Brasil como escravos. Isso por causa dos costumes: a escravidão era imposta pelos juízes de vocês, os sobas, por qualquer delito. Os seus pais vendiam os filhos, os reis escravizavam os súditos e os trocavam por miçangas de vidro, fumo, panos, facões, cachaça. Qualquer pano, qualquer facão, qualquer cachaça vagabunda comprava dúzias de vocês. Não sou eu quem diz isso, é a História. Entenderam? A História. Coisa sabida, não adianta negar.

No Caminho dos Sonhos | 41

Uma pausa. Só se ouvia o gemido do vento no cordame. Os negros, imóveis. Cabral continuava:

— Vocês então foram trabalhar nas fazendas e engenhos. Trabalho duro. Maus-tratos a toda hora. O feitor batia em vocês com o bacalhau, um açoite de couro cru. Vocês então resolveram fugir. Na serra da Barriga, em Alagoas, vocês organizaram o quilombo dos Palmares. O chefe de vocês era o famoso Zumbi. Zumbi!

O negro dava um passo à frente.

— Sabe o que fazer?

— Sei.

— Sei, sim senhor! — berrava Cabral. — Onde está o respeito? Estou lhe pagando para quê? Repita.

— Sei, *sim senhor.*

— Bom. O que vai fazer? Diga.

Hirto, olhando fixo para a frente, o negro repetia como um autômato.

— Estamos cercados pelas tropas de Domingos Jorge Velho. Não há esperança. São seis mil homens bem armados. Nosso sonho chegou ao fim. Acompanhado dos meus principais guerreiros, subo até o alto de um rochedo. Profiro um emocionado discurso, cujo texto...

— Cujo texto?...

— Cujo texto o senhor vai me dar depois.

— Isso — dizia Cabral. — Ainda não o escrevi. E aí?

— Aí nos jogamos.

— Segundo Rocha Pita. Outros discordam. A versão mais correta parece ser a de que você, Zumbi, escapa ferido, capturado pelo cabo André Furtado de Mendonça. Aí lhe cortam a cabeça. Mudei um pouco o final, porque mais adiante, na encenação, teremos outra decapitação, que é a de Tiradentes. Então você fica no alto do rochedo, o resto dos negros ao redor, chorando, e aí termina a cena. Ficou bem claro?

Os negros balançavam a cabeça. O incansável Cabral, porém, não se dava por satisfeito:

— Vamos recomeçar, que não quero erros. Vocês, negros, foram trazidos ao Brasil como escravos...

E repetia tudo. Os negros o ouviam em silêncio, depois se dispersavam. À tardinha se reuniam no convés, e então entoavam suas melancólicas canções, enquanto o sol desaparecia lentamente e as estrelas começavam a brilhar no céu. Recebiam sua ração, comiam, desciam para seu alojamento. No dia seguinte, de manhã bem cedo, já estavam lavando o convés.

— Pobres diabos — dizia José Reis, revoltado. — Ganham uma ninharia como figurantes e ainda têm de fazer esse tra-

balho sujo. Abolida a escravatura? Qual o quê! Continua tudo como dantes.

Tinha críticas também para outros personagens da encenação: Dom Pedro I não passava de um falso, que dirigira uma carta ao pai, Dom João VI, falando dos boatos de que estaria próxima a Independência: "Farão esta loucura, mas depois de eu e todos os portugueses estarmos feitos em postas".

— Quem foi feito em postas, Hans? Tiradentes é que foi feito em postas. Sua cabeça foi espetada num pau para escarmento do povo. Desossado como um frango, seus membros foram cravados em mastros no caminho entre Minas e Rio. Dom Pedro I em postas? Nem ele nem Dom Pedro II, aquele velho gagá que ficava bailando na ilha Fiscal enquanto proclamavam a República. Nem a Princesa Isabel, nenhum deles. Só Tiradentes.

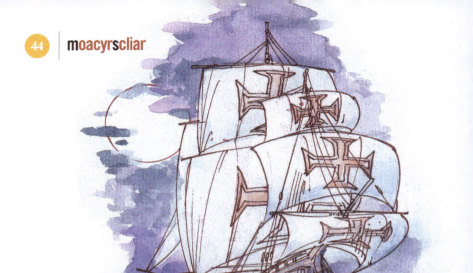

A noite caía. Fosforescências surgiam sobre as ondas. Apoiado na amurada, Wolf Dreizinger olhava o mar e evocava cenas de sua infância, na Polônia. Lembrava a primeira vez em que o pai o levara para um passeio de barco; lembrava de um piquenique no campo, os três sentados na grama, a mãe cantando um trecho de opereta, o pai sorrindo, feliz. Tudo aquilo agora ficava para trás. Diante dele, um mar imenso; do outro lado desse mar, um país desconhecido. Desconhecido, mas que ele adivinhava belo: céu azul, grandiosas paisagens. No Brasil, o passado de sofrimento se dissolveria como neve sob o sol. Pelo menos, era o que ele esperava. As lágrimas rolavam pelo seu rosto.

No Caminho dos Sonhos

Cabral mandou chamar Wolf a seu camarote.

— Meu caro Hans — disse —, já tenho o roteiro para sua apresentação. E para mim creio que será um dos pontos altos de nossa encenação.

Consultou seus papéis:

— Onde é que eu anotei? Ah, sim, aqui está. Hans Staden... Hum... Sim. Hans Staden. Nasceu numa pequena cidade de Hesse. Jovem de temperamento aventureiro, deixou a casa paterna e foi para Portugal... — Ergueu os olhos. — Uma história que coincide um pouco com a sua, presumo.

— Mais ou menos — disse Wolf, cauteloso. Temia que a qualquer momento Cabral começasse a fazer perguntas sobre sua vida e acabasse por se contradizer, mas o outro já prosseguia.

— Bem. Aí então Hans Staden se engajou como artilheiro num navio que fez uma viagem ao Brasil. Artilheiro! Agrada-lhe, amigo Hans?

— Certamente — Wolf sorriu, contrafeito, e não pôde deixar de pensar na ironia do destino, que, de uma maneira ou de outra, sempre o ligava a explosivos.

— Em 1553 Hans viajou de novo, mas dessa vez não teve sorte: seu navio naufragou na costa paulista. Hans Staden então ficou morando na vila de São Vicente, onde era o artilheiro do forte. Um dia foi capturado pelos índios tupinambás... E aqui começa a sua parte.

Remexeu de novo os papéis.

— Aqui está. Os índios o agarram, amigo Hans, e tiram sua roupa.

— Tiram minha roupa? — Wolf, surpreso.

moacyrscliar

— Claro. Os índios são canibais. Eu não contei antes? Pois é, são canibais. Tiram a roupa do amigo, porque pretendem comê-lo.

Wolf se mexeu na cadeira, inquieto. Não estava gostando daquilo. Nu? A ponto de ser comido pelos índios? Não era bem essa a ideia que fazia de uma representação teatral. Preferia alguma coisa mais digna, ainda que menos realista. Cabral percebeu o seu embaraço e o tranquilizou:

— Naturalmente, permitiremos que o amigo use uma tanga... E os índios serão bem treinados para não machucá-lo, não se preocupe. Mas continuando. Os selvagens resolvem não matar o amigo de imediato. Levam-no para a taba, onde terá de entrar gritando: "Índios, eis a vossa comida que vem pulando!". Uma índia, com uma lasca de vidro, raspa as sobrancelhas e corta a barba do amigo.

Olhou para Hans.

— Hum... O amigo não tem barba... E acho que até chegarmos ela não cresce. Mandarei fazer uma barba postiça. Não se pode falsear a verdade histórica, não é mesmo? Até porque, segundo leio aqui, essa barba é importante: o amigo Hans protesta, não quer que lhe cortem a barba, diz que prefere morrer.

— Eu digo isso?

— Diz. Infelizmente diz. Porque essa sua recusa irrita muito os aborígenes. Eles se põem a dar bofetões no amigo e lhe arrancam punhados de barba, gritando... Como é mesmo? Ah, sim, aqui está: *"Che anama pipite aé"*. O que quer dizer: Vingamo-nos em ti do que fizeram com os nossos. Você vê, amigo Hans, os índios eram muito vingativos. Odiavam os portugueses.

No Caminho dos Sonhos | 47

— Mas espere um pouco — protestou Wolf. — Hans Staden era alemão, não português.

— Pois é. Mas eles o julgam português. E o que é pior: aparece na taba um mercador francês e ele garante que Hans é português legítimo e pede que o matem. Os índios insistem para que você coma bastante: querem devorá-lo gordo. O que para o amigo é um suplício: além do desespero, sofre de uma terrível dor de dente, não pode mastigar direito. Bom, mas vai comendo, de qualquer modo. Há uma festa, à qual vem o famoso cacique Cunhambebe. Você pede a ele proteção, jura que não é português. Resposta de Cunhambebe: "Já devorei cinco portugueses; todos mentiam". Hein, que acha desta? "Já devorei cinco portugueses; todos mentiam". O público vai delirar. O amigo sabe que os brasileiros têm uma coisa com Os portugueses...

— Sei.

— Depois há uma festa. Aí os índios amarram suas pernas e o obrigam a saltitar. Gritam: "Olha a nossa comida pulando". E o rodeiam para escolher pedaços, pois será cortado em postas, naturalmente. "O braço é meu", diz um. "Eu quero o pé", bradará outro. Mas aí uma doença misteriosa grassa entre os índios. Pensam que é uma vingança do deus de Hans. Uma velha índia diz: "Não nos deixe morrer! Te tratamos mal porque pensávamos que fosse português. Mas, quando comíamos portugueses, o deus deles não se importava. O teu deus se importa, sinal de que você não é português".

Consultou de novo as anotações.

— As aventuras de Hans Staden continuam, mas tive de sintetizar. No fim ele se salva.

Deixou os papéis de lado. Sorriu.

— É isso, amigo Hans. Já podemos começar a ensaiar.

E assim Wolf Dreizinger se integrou na rotina diária dos ensaios, que começavam cedo, como aliás cedo começava o dia na caravela. Tão logo o horizonte ia se tingindo de vermelho, soava o sino. Em quinze minutos todos deveriam estar reunidos no convés. Na ponte, já os esperava Cabral, espada na cintura. A bandeira da expedição era hasteada solenemente, e Cabral nunca deixava de fazer uma pequena arenga, começando sempre por: "Este é o sexto dia de nossa jornada... Este é o oitavo dia de nossa jornada...", terminando com a ordem do dia, da qual constavam a agenda de ensaios e as tarefas dos marinheiros.

A seguir, um excelente café da manhã era servido — ora na ponte, ora no pequeno mas muito bem decorado salão de refeições. Desde logo se observou uma curiosa divisão: numa das mesas sentavam Cabral, Dom Pedro I, Dom Pedro II e a Princesa Isabel, mais o imediato, aliás, primo de Cabral; na outra mesa, Tiradentes, Wolf, um ator que representaria o papel do bandeirante Fernão Dias Paes Leme, que estava permanentemente bêbado, mais três figurantes. Os negros faziam as refeições no convés, assim como os índios. E, enquanto a Cabral e aos atores eram servidas frutas, três variedades de queijo e outras tantas de fiambre, bolos e cucas, Zumbi e seus homens tinham de se contentar com pão seco e café preto. Wolf dava um jeito de guardar um pedaço de bolo para seu amigo Saci, que o seguia por toda parte como uma sombra.

— Quer ouvir a história da Cuca, tio?

A separação por mesas não era ocasional. A tensão a bordo era perceptível e envolvia também os marinheiros. Alguns eram da confiança de Cabral; outros eram profissionais

recrutados para a expedição e que ganhavam menos. Tão logo souberam disso, foram falar com o imediato, apresentaram suas reivindicações, argumentaram, mas o homem não cedeu: recebera ordens de Cabral e iria cumpri-las de qualquer modo.

Além disso, sucediam-se as discussões; invariavelmente envolviam Tiradentes, que, aliás, era um polemista terrível. Gostava de provocar Dom Pedro II:

— Os brasileiros fizeram muito bem em se livrar da monarquia. Imperador é coisa de história da carochinha.

O velho senhor pigarreava:

— Bem, eu não estaria inteiramente de acordo... Afinal, a monarquia é um fator de estabilidade...

Tiradentes, zombeteiro:

— Estabilidade? Estabilidade da riqueza de poucos, o senhor quer dizer. Estabilidade dos privilégios, da opressão. Esta estabilidade, meu caro senhor, o povo dispensa e agradece. A esta estabilidade é mil vezes preferível a desordem, o caos.

— Não diga isso! — Dom Pedro II, alarmado. — Pelo amor de Deus, nem fale numa coisa dessas.

Nesse momento a Princesa Isabel resolvia intervir:

— Ora, titio, não ligue para isso. Não vê que este homem está zombando do senhor? Não passa de um provocador.

Tiradentes fazia à moça uma reverência. Ela não o tratava com indiferença, via-se. Impressionava-o a serena beleza dela, ainda que aristocrática; o porte altivo, a maneira graciosa como, nos ensaios, punha a mão na cabeça de Saci, dizendo: "Vai, jovem negro, estás livre graças à minha lei Áurea. Vai viver a tua vida com liberdade e com respeito". Mas, se algo sentia por Isabel, dificilmente deixaria transparecer; era orgulhoso demais para isso, tão orgulhoso, aliás, quanto ela.

Com Dom Pedro I, Tiradentes também discutia, mas aí o tema era outro: a ditadura.

— É o sistema perfeito de governo — dizia Dom Pedro I.

— Veja onde chegou a Alemanha, com Hitler, e a Itália, com Mussolini. Veja o nosso Portugal, gozando de paz e tranquilidade. Veja a Espanha. Veja o Brasil. Um regime que deu certo dos dois lados do Atlântico é, sem dúvida, o regime para os nossos tempos.

— O senhor não perde por esperar — dizia Tiradentes. — O tempo há de mostrar quem está com a razão.

Essa tensão culminou num incidente. Foi no décimo quinto dia de viagem. Vento forte, mar picado. À hora do almoço, estando todos no salão, Zumbi entrou para servi-los. Ao passar por Dom Pedro I deu um passo em falso e deixou cair a sopeira sobre o ator, que se pôs de pé, lívido de fúria.

— Desastrado! Olhe o que você fez, patife!

— Não foi por gosto — murmurou Zumbi.

— Peça desculpas — ordenou Cabral.

Zumbi o olhou demoradamente.

— Eu não tenho desculpas a pedir, senhor. Já disse que não foi por gosto. A caravela joga, como o senhor bem pode ver. Tropecei e derramei a sopa. Isso foi tudo.

— Mas peça desculpas.

Fez-se um instante de tenso, sepulcral silêncio.

— Não posso pedir desculpas, senhor — disse Zumbi por fim. — Nada fiz de errado. Não tenho por que me desculpar.

— Muito bem — disse Cabral, numa voz lenta, ominosa. — De acordo com as cláusulas disciplinares do contrato, você está multado em dois terços de seu salário. E agora pode sair.

Tiradentes se pôs de pé.

— Um momento — disse. — Não acho isso justo, senhor Cabral. O nosso amigo Zumbi já se explicou, disse que foi um acidente. O senhor não tem o direito de puni-lo.

— Tenho o direito de fazer o que quiser — disse Cabral, friamente. — Este é meu barco, aqui mando eu.

— Neste caso — bradou Tiradentes — retiro-me deste salão. Doravante, farei minhas refeições no convés, com a gente simples que o senhor despreza.

— Sente-se! — gritou Cabral. — O senhor também está sob minhas ordens.

Tiradentes hesitou e acabou sentando. Mais tarde, conversando com Wolf, recriminava-se:

— Era disso que lhe falava, amigo Hans: falta-me a coragem para ir às últimas consequências de meus atos. Eu deveria ter saído daquele salão, deveria ter dado uma bofetada nesse arrogante Cabral. Mas na hora fraquejei. — E concluiu, melancólico: — Veja você, não estou à altura do personagem que represento. Tiradentes foi capaz de morrer por suas convicções; eu engulo desaforos.

Wolf tratou de consolá-lo como pôde:

— Ora, você fez o que podia, mais seria impossível.

Wolf não andava bem. Não conseguia dormir à noite. Ficava acordado, olhando a luz bruxuleante da lamparina, ouvindo os ruídos que já lhe eram familiares: o estalar do madeirame, o surdo drapejar das veias. Não dormia porque não podia esquecer os pais. Em seus pensamentos, parecia ver o pai, no seu laboratório, fazendo suas experiências alquímicas e comentando os poderes do mercúrio e do enxofre e os misteriosos processos pelo qual o cobre podia se transmutar em ouro: "Você vê, meu filho, todas as coisas aspiram à perfeição. O ouro é a perfeição dos metais; quando o alquimista procura extraí-lo de suas retortas, não é pelo valor financeiro que representa, mas sim pelo processo de aperfeiçoamento que, juntos, homem e natureza devem percorrer até chegar a seu objetivo".

E lembrava também a mãe, cantando, com lágrimas nos olhos, a *Celeste Aída*, e suspirando, ao terminar: "Lindo, Wolf, lindo, lindo".

Agora estavam ambos mortos, seus restos jazendo no ventre da terra, enquanto Wolf, num frágil barco, deslizava, em companhia de pessoas estranhas para ele, rumo a um destino que lhe parecia ainda mais estranho.

Tiradentes percebeu sua perturbação, perguntou o que havia. Wolf tentou desconversar, disse que não era nada, que sempre passava mal em viagens de navio. Tiradentes o olhava, em silêncio. Por fim disse:

— Vamos lá, amigo. Em mim você pode confiar. Você é um refugiado, não é verdade?

Apavorado, Wolf tentou negar:

— Que absurdo, sou um cidadão na posse dos meus direitos.

Mas o tremor da voz o traía, e ele acabou confessando que sim, que tinha fugido da Alemanha nazista.

— Por favor, não me denuncie — suplicou.

— Que é isso? — protestou Tiradentes. E acrescentou, orgulhoso: — Por quem me toma, amigo? Por um traidor? Engana-se. Se escolhi ser Tiradentes é por que acredito na dignidade, na lealdade. Posso não estar à altura do papel, mas o que estiver a meu alcance eu farei.

Encorajado por aquelas palavras, Wolf se animou a lhe pedir ajuda para a fuga.

— Não se preocupe — disse Tiradentes —, chegando ao Brasil dá-se um jeito.

Dá-se um jeito: essa expressão, que Wolf ouvia pela primeira vez, teve o mágico efeito de acalmá-lo. Naquela noite até conseguiu dormir.

***

Quando chegava a esta parte, Marcelo, seu avô Wolf Dreizinger fazia uma pausa dramática, cheia de suspense. "Como é que você imagina que terminou essa história?", perguntava. E é o que eu pergunto, Marcelo: Como é que você imagina o fim da odisseia de Wolf Dreizinger?

Mas sobre isso vou falar depois. Deixe-me contar agora um pouco sobre seu pai, Paulo Dreizinger.

***

No Caminho dos Sonhos | 57

DURANTE MUITOS ANOS fui vizinho de Paulo Dreizinger no Jardim Europa, mas quase nunca o encontrava. Ele praticamente não saía. Até os sete ou oito anos, creio, não ia à escola; uma preceptora vinha à sua casa e lhe ensinava as primeiras letras. Tornou-se desde logo um voraz leitor. Mais tarde começou a frequentar um elegante colégio para filhos de diplomatas; quem o levava e trazia era o chofer. A uma determinada hora os portões da mansão se abriam e saía o grande carro preto, com o pequeno Paulo sentado no banco de trás.

Eu morava num prédio logo à frente da casa de Paulo. Meu pai, advogado, não era homem de posses, mas fazia questão de residir num bairro elegante. "Junta-te aos ricos e serás um deles", costumava dizer à minha mãe. "Faz tempo que ouço esta conversa", respondia ela, cética. Não estava se queixando; tinha de trabalhar para reforçar o orçamento doméstico, mas, como professora particular de francês, gostava do que fazia.

Da janela do nosso apartamento eu via Paulo nos jardins de sua casa. Eram jardins enormes e bem cuidados. Ele caminhava pelas aleias ensaibradas, entre canteiros de flores e estátuas de mármore de deuses gregos. As estátuas, que eram, segundo descobri mais tarde, apenas imitações bem-feitas, transformavam aquele lugar num recanto à parte, pedaço de um distante país europeu em plena São Paulo. Depois me dei conta de que era exatamente isso que o senhor Dreizinger pretendera: reproduzir na casa imagens da Europa. Não sei se era sua intenção manter o filho isolado, mas o certo é que não conseguiu. Lá pelas tantas Paulo começou a sair sozinho e foi então que nos aproximamos. Tornamo-nos bons amigos. Eu frequentava sua casa. Muitas vezes via o senhor Dreizinger lendo na grande biblioteca. Era uma coisa que me impressionava, o número de livros daquela biblioteca; nem meu pai, que por causa da profissão precisava ler muito, tinha tantos livros. Wolf Dreizinger devia ser um homem culto; mais que isso, um sábio. Isso me causava inveja. Meu pai não era um mau sujeito, ao contrário, éramos muito amigos, mas nem sempre ele tinha respostas para minhas perguntas, o que me frustrava bastante.

Havia mais, porém: Paulo, filho único, tinha um quarto só para si; eu, o mais velho de cinco filhos, tinha de compartilhar um acanhado aposento com mais dois irmãos. Além disso, Paulo tinha um estúdio para seus livros e jogos, estes, maravilhosos; tudo o que havia de mais moderno na Europa e nos Estados Unidos o pai mandava buscar. Ele tinha, por exemplo, um trem elétrico completo, com estação, pontes, viadutos, passagens de nível. Aquilo me extasiava e eu ficava horas fazendo o trem dar voltas em seu trajeto, sob o olhar benevo-

lente, divertido e um pouco melancólico do amigo Paulo. Não era feliz; apesar de toda aquela abundância era um garoto triste. Nunca me falou a respeito, mas eu tinha certeza de que ele sentia muita falta da mãe. Ele me invejava por eu ter uma família grande. Nas raras vezes em que vinha almoçar ou jantar em minha casa ficava nos olhando deslumbrado. "Como é triste esse garoto", dizia minha mãe, depois que ele se ia.

Crescemos, tornamo-nos adolescentes. Uma época de longos silêncios. Às vezes ficávamos horas no quarto de Paulo, ouvindo, num magnífico equipamento de som, discos clássicos ou de *jazz*. Lá pelas tantas soavam batidas na porta, batidas gentis, temerosas quase.

— Paulo, posso falar com você?

Era o pai. O rosto de Paulo se contorcia num

tique involuntário, misto de desgosto e repulsa, de remorso e talvez até de ternura. Sim, gostava do pai, reconhecia o muito que Wolf Dreizinger fizera, mas não podia ouvir a voz dele, simplesmente não podia. Não naquela época, pelo menos. Suspirando, levantava-se dos almofadões onde estivera deitado e ia abrir a porta.

— O que é que você quer? — perguntava, desabrido, impaciente.

O pai na verdade não queria nada. Perguntava qualquer coisa — "Você está com fome?", ou "Não quer nada do centro?" —, mas na realidade aquilo era só um pretexto para ver o Paulo, falar com ele, certificar-se de que ainda estava ali, perto dele. Eu nunca tinha visto um pai assim, mas podia compreender que o senhor Dreizinger tivesse concentrado no filho único todo seu afeto.

Paulo recebia mal aquelas demonstrações de carinho. Seu relacionamento com o pai era ambivalente, paradoxal. Detestava ser tratado como criança, mas ao mesmo tempo buscava a proteção paterna. Isso ficava particularmente evidente quando eu o convidava para sair, para dar uma volta; queria e não queria me acompanhar. Gostaria de andar pelas ruas sem destino, de entrar num bar para tomar chope, de olhar as garotas na rua Augusta, mas para ele era doloroso se separar do pai, abandonar a casa que compartilhavam. Vacilava, e o resultado dessa vacilação era imobilidade. Ficava parado, a testa franzida, a boca entreaberta, a ansiedade transparecendo em seu olhar. "Ajude-me", era o que dizia aquele olhar.

Um mudo pedido de socorro que eu, francamente, não estava em condições de atender. Sim, era seu amigo, mas me impacientava aquela coisa meio mórbida, aquela simbiótica relação pai-filho, de modo que lá pelas tantas me impacientava, dava um tchau e ia embora. No dia seguinte ele estava me telefonando, tentando se explicar e me convidando de novo para ir à sua casa. Eu ia, e tudo recomeçava.

* * *

ATÉ OS QUINZE ANOS, meus interesses eram os dos garotos de minha idade: música popular, TV, meninas, decerto. Mas então fiquei conhecendo Raul.

Ele tinha um ano de idade mais que eu. Entrou na escola na metade do ano, transferido de outro colégio de onde havia sido expulso por insubordinação.

Sua aparência era desafiadora, impressionantemente desafiadora. Não era alto, ao contrário, tendia mais para o baixinho, e era franzino, mas quando falava com alguém era como se olhasse de cima para baixo. Tinha uma basta cabeleira, uma rala barba negra e seus olhos escuros brilhavam por trás dos óculos, mais ainda quando discutia com alguém. Era um polemista feroz, logo se descobriu. Gostava sobretudo de questionar as interpretações do professor de História; deixava o pobre homem quase maluco.

Ao seu redor se formou um grupo de discípulos fiéis, entre os quais estava eu. Nos encontrávamos depois da aula e íamos para um bar perto, onde ficávamos até tarde, conversando. Conversando, não; Raul falava e nós escutávamos. E sobre o que ele falava? Sobre tudo: cinema — que adorava —, livros, arte. Mas principalmente sobre política. Era sua paixão, e assunto não faltava: o ano era 1962 e todo mundo discutia o futuro do país. Até mesmo meu pai, que não se envolvia muito em política, dava seus palpites. Pessimistas, mas o pessimismo era a tônica da época. "Não sei no que vai dar isso", dizia ele, "estamos à beira do caos".

Raul era um radical. Desprezava os políticos, que considerava um bando de ladrões, de safados; tinha opiniões próprias e bem definidas sobre o que precisava ser feito no país: em primeiro lugar, toda a propriedade — que segundo Proudhon era sempre um roubo — deveria ser confiscada. Terras ociosas, casas vazias, tudo isso seria entregue ao povo. Nós o ouvíamos fascinados, mas também um pouco desconfiados. Não era meio forte aquilo tudo? Parecia mais papo do que qualquer coisa. Foi o que um do grupo disse a ele certa noite: "Isso é papo, Raul".

Ele ficou pálido, levantou-se e, sem uma palavra, foi embora. No dia seguinte, na aula, disse que tinha um assunto importante a falar conosco. Na saída do colégio, reunimo-nos no bar. Alguém quis pedir chope e sanduíches, mas ele disse que não, o que tinha a nos dizer era sério demais para ser discutido mastigando sanduíches.

O que nos propôs foi, em resumo, que criássemos o que chamou de grupo de ação jovem. Para esse grupo já tinha estatutos, programa, já havia até um nome: Tiradentes. O mártir da Independência seria o nosso patrono. Como Tiradentes, lutaríamos pela independência do país e pela transformação da sociedade. Nós ouvíamos em silêncio. Talvez alguém entre nós tivesse achado a coisa toda meio estranha, ou até maluca mas, se assim foi, ninguém ousou se manifestar. Uma reunião foi marcada para a discussão dos detalhes do plano; o problema era onde fazê-la. Raul não queria mais falar perto de estranhos, portanto o bar estava fora de cogitação. Por outro lado ninguém quis oferecer a sua casa, nem mesmo Raul; o que era compreensível, pois sabíamos que ele não se dava bem nem com a mãe, nem com o padrasto.

Aí me ocorreu uma ideia, de que me arrependeria mais tarde. Foi uma sugestão irrefletida mas, acho, bem-intencionada. Ao propor que convidássemos Paulo para o grupo e nos reuníssemos na casa dele, mais que apropriada, já que era enorme, tudo o que eu queria era abrir novos horizontes, criar perspectivas para ele.

Raul não gostou muito da ideia.

— Quem é esse cara? — quis saber. Eu disse que era um grande amigo, rapaz tímido, mas boa gente. — Dá para confiar nele? — perguntou Raul, num tom de voz que me surpreendeu e até assustou, pela dureza.

— Claro que dá para confiar nele — respondi, mas na verdade já não muito seguro do que estava dizendo. E se Paulo não quisesse entrar para o grupo? E se Raul não fosse com a cara dele? Seria um vexame para mim. Foi com certo receio, portanto, que telefonei para a casa de Paulo, propondo-me a apresentá-lo ao grupo e sugerindo a reunião em sua casa. Para minha surpresa, ele aceitou imediatamente. Talvez sentisse que estava na época de experimentar novas vivências, mesmo correndo riscos. De outro modo, o fato de que o primeiro encontro com os novos amigos seria em sua casa, no seu próprio território, deve ter contribuído para tranquilizá-lo.

Na noite marcada nos encontramos no bar e seguimos para a casa de Paulo. Fomos recebidos pelo próprio Paulo e por seu pai, que queria conhecer os novos amigos do filho.

Raul não gostou daquilo. Também não gostou da casa. Eu podia até adivinhar o que pensava: "Isso aqui é uma mansão capitalista, um reduto da burguesia". E ficou simplesmente escandalizado quando um mordomo de luvas brancas nos trouxe cerveja, refrigerantes e salgadinhos. "Vou deixar vocês conversando", disse o senhor Wolf no seu arrevesado português. E saiu.

Éramos cinco naquela reunião. Raul, eu, Paulo, um rapaz que chamávamos, já não me lembro por quê, de Mangusto e uma colega da minha turma, Beatriz, ou Bea, uma menina não muito bonita, mas extraordinariamente inteligente e culta.

Raul, como era de seu hábito, assumiu logo o comando da reunião. Falou longamente sobre a questão da propriedade. Repetiu que considerava a propriedade um roubo e que deveríamos começar a expropriar coisas dos ricos para dá-las aos pobres.

— Não que isso vá resolver o problema da pobreza. Mas é sobretudo pelo aspecto simbólico, educativo da coisa. — Citou o exemplo dos chineses em Londres: — Todas as manhãs os membros da embaixada chinesa em Londres se reúnem na porta do prédio e leem, em voz alta, para quem quiser ouvir, trechos do *Livro Vermelho* do camarada Mao. Por que fazem isso? Hein? Por que vocês acham que eles fazem isso?

Ninguém respondeu. Raul nos intimidava, tínhamos medo de falar alguma bobagem. Ele insistiu:

— Vocês acham que eles têm esperança de convencer os ingleses a aceitar a doutrina de Mao?

E, como continuássemos em silêncio, ele mesmo respondeu:

— Não. Eles não têm essa esperança. Estão representando um papel. O papel que os ingleses querem que eles representem: o de chineses fanáticos. E assim mostram a esses mesmos ingleses que, pela causa, enfrentam o ridículo da situação. Entenderam?

Ninguém tinha entendido, acho, mas todos acenaram afirmativamente. A verdade é que gostávamos dele, conhecíamos sua extraordinária sensibilidade e não queríamos fazê-lo sofrer com nossa ignorância. Sentíamos nele uma vocação para o martírio, para o sacrifício. Talvez estivéssemos enganados. Talvez Raul soubesse, como os chineses, representar bem. O importante é que acreditávamos nele. E acho que ele também acreditava em si.

Continuou falando, até que em determinado momento a porta se abriu e surgiu a calva cabeça de Wolf Dreizinger:

— Tudo bem aí? Precisam de alguma coisa?

— Que é isso, papai! — protestou Paulo. — Não precisamos de nada. Feche a porta, por favor.

A interrupção teve o mágico efeito de diminuir um pouco a tensão do ambiente. Raul, porém, ficou furioso.

— Assim não há condições — disse. — Como é que podemos planejar algo, se somos interrompidos a todo instante?

Eu ia lembrar a ele que não estávamos sendo interrompidos a todo instante, e que o senhor Wolf estava apenas sendo gentil, mas Raul estava tão irritado que achei melhor ficar quieto. E fiz bem, pois logo em seguida ele pediu desculpas a Paulo por sua explosão:

— Sou estourado, você não deve me levar a mal.

No fundo, explicou, sua revolta era por causa da injustiça social. Não via motivos para sorrir, para ser amável, num país em que crianças morriam de fome. Paulo ouvia, confuso, sem saber o que dizer; Raul o perturbava. Mas quando marcamos a próxima reunião ele insistiu: queria que fosse realizada em sua casa de novo. Raul hesitou, mas acabou cedendo. Contrariado, via-se.

***

Nós nos reunimos muitas vezes depois daquela noite. Discutíamos muito, mas não conseguíamos chegar a um acordo. Nem mesmo Raul sabia direito o que queria. Mil hipóteses foram levantadas. Eu sugeri que fizéssemos um jornal para divulgar nossos objetivos. Mas quais objetivos? Esse era o problema.

Uma noite, Raul veio com uma proposta.

— Temos de desencadear uma ação — disse.

— Que ação?

— Qualquer ação — respondeu. — Algo de prático. Estamos fazendo as coisas errado. Queremos partir da teoria para chegar à prática. Tem de ser o contrário. Temos de chegar à teoria através da prática. E vamos fazer isso duplamente.

Não estávamos entendendo. Ele então explicou:

— Vamos realizar uma ação de expropriação. Vamos confiscar propriedade privada.

— Mas que propriedade?

— Aí é que está. Não artigos supérfluos, é óbvio. Nem tampouco armas, que ainda não estamos preparados para isso. Vamos expropriar livros. Livros necessários à nossa fundamentação teórica.

Fez-se um silêncio profundo. Paulo estava imóvel, pálido. Olhando-o, cheguei a me sentir mal, não tanto pela proposta em si — porque livros eu ainda não tinha roubado, mas sair de um bar sem pagar era coisa que volta e meia fazia — mas por ele. Sabia o que ele estava pensando: que aquilo era uma coisa perigosa e ainda por cima desnecessária. Poderia comprar quantos livros quisesse, poderia comprar livrarias inteiras se lhe desse vontade. Mas eu sabia também que Raul se enfureceria à simples menção de tal ideia. Comprar? Usar o dinheiro ganho com a exploração dos oprimidos? Nunca. Nos detalhes do plano, Raul demonstrou seu inegável talento de organizador. Elaborara uma lista das livrarias mais adequadas para a chamada expropriação: estabelecimentos antigos, ou mal iluminados, ou com poucos vendedores.

— Se há uma coisa que conheço — afirmou com orgulho — são as livrarias de São Paulo.

Tinha também a relação das obras prioritárias, por autores: Marx, Bakunin, Proudhon e outros; e por assunto. Já que o mais interessante ele guardou para o fim: um roteiro detalhado sobre a técnica de furto. Deveríamos entrar na livraria em duplas. Um distrairia o vendedor ou vendedores, se necessário recorrendo a táticas diversionistas. Por exemplo, derrubando uma pilha de livros. O outro então esconderia a obra, conforme o tamanho, no bolso ou sob o casaco.

— Não levem pasta, nem mochila, nada dessas coisas. Chama a atenção.

Também nos recomendou não sair precipitadamente, e admitia que, dependendo da situação, poderíamos comprar um livrinho de menor valor, não como indenização, mas para desviar suspeitas, porém só em último caso. Toda a operação deveria ser desencadeada num único dia, para evitar que as livrarias comunicassem umas às outras o desaparecimento de livros. Desconfiado, ele imaginava que os donos dos estabelecimentos conspirassem entre si, da mesma maneira que estávamos fazendo, para defender sua propriedade.

Por último, designou as duplas: Bea e Mangusto, eu e Paulo. Era o que eu esperava. Senti-me, ao mesmo tempo, aliviado e apreensivo. Aliviado pelo amigo, que certamente não se sentiria bem com qualquer um dos outros; apreensivo, porque não tinha a menor ideia de como ele iria se portar quando chegasse o momento decisivo. Paulo, porém, conseguiu ocultar sua emoção. Anotou o nome e o endereço da livraria que nos coubera e ficou em silêncio, enquanto Raul repetia o plano ponto por ponto.

A reunião terminou e todos foram embora. Eu fiquei, a pretexto de discutir com Paulo detalhes da operação. Na verdade, queria ver como ele estava se sentindo. Quando ficamos sozinhos, acendeu um cigarro — suas mãos tremiam — e olhou para mim:

— E então? O que é que você acha?

Resolvi ir direto à questão.

— Quero saber o que você acha — eu disse.

Começou a chorar. Consternado, eu o olhava sem saber o que dizer, enquanto os soluços sacudiam seu corpo magro. Toda a tensão que ele havia contido durante a reunião explodia agora naquele pranto, e eu me dava conta de quanto ele era frágil, muito mais frágil do que eu jamais tinha imaginado.

— Talvez seja melhor você desistir — arrisquei, quando ele se acalmou um pouco.

— Não — disse, enxugando as lágrimas —, de jeito nenhum, estou nessa e agora tenho de ir até o fim.

— Mas por quê? — perguntei, e nesse momento me dava raiva do Raul, raiva por ele ter inventado aquele plano que, eu pressentia, só traria confusão.

— O Raul não é dono da verdade, Paulo. Há outras coisas que podem ser feitas para mudar a sociedade.

— Mas você não entendeu? — gritou ele. — Eu quero participar. Eu quero entrar na livraria e roubar os livros, Marcos. Eu preciso romper esta casca, preciso agir, fazer coisas, me libertar.

Paulo me falou longamente, ele, que era um rapaz lacônico, taciturno.

— Passei toda a minha vida encerrado nesta casa — disse — porque meu pai era um homem que tinha medo de tudo: de doença, de acidentes, de ladrões. Eu vivia num verdadeiro arquipélago, transportado pelo motorista, de uma ilha de segurança para outra: do colégio para a aula de piano, da aula de piano para o curso de desenho. Aprendi muito — afirmou, não sem ironia —, sei tocar *Für Elise*. Sei desenhar uma paisagem marinha, uma praia, uns coqueiros, umas gaivotas, ao longe uma caravela. Mas o que sei da vida? — ele me perguntou. — O que sei deste país? Nada, Marcos, nada.

Fez uma pausa. Paulo parecia encarar tudo aquilo como um desafio. E continuou:

— Você acredita, Marcos, que nunca andei de ônibus? Nunca andei de ônibus. Nunca fui a um circo, a um programa de auditório, a um armazém. Nunca fui a uma favela. Todas essas coisas eu só vejo de longe, do carro em movimento. Tudo por causa dos temores absurdos do meu pai. Mas agora quero mudar essa situação. Quero viver, quero ter novas experiências. Quero me engajar numa causa, Marcos. Sou grato ao Raul, sou grato a vocês por me aceitarem no grupo. Sei que o Raul não gosta de mim, que me considera um burguês, que me despreza. Aliás, não deixa de ter razão, é isso mesmo o que eu sou, um burguês, um filho de capitalista. Mas prometo a você que vou renunciar à minha condição burguesa. Sei que não será fácil. É uma coisa que está dentro de mim, que eu terei de arrancar fora como quem arranca da terra uma planta venenosa. E Raul tem razão: para destruir a velha prática, só uma nova prática.

Eu o escutei sem dizer nada.

— Você está mesmo decidido? — perguntei por fim.

— Estou — ele respondeu.

— Então vamos em frente.

E marcamos um encontro para o dia seguinte no centro da cidade. Como Raul nos havia dado prazo até o fim da semana para a missão, tínhamos tempo. Eu pretendia começar por um reconhecimento do terreno.

Esperei-o no dia seguinte no local combinado. À hora marcada, apareceu o grande carro preto com o motorista; Paulo no banco de trás. Desceu e já se desculpou:

— Eu queria vir sozinho, mas meu pai insistiu em que o motorista me trouxesse.

Por aquela eu não esperava. O que íamos fazer com o carro, e ainda mais com o motorista? Por sugestão minha, Paulo disse ao homem que desse umas voltas e nos apanhasse dali a uma hora.

A livraria que Raul nos tinha destinado ficava no térreo de um velho edifício, perto da Praça das Bandeiras. Era um lugar pequeno, escuro, atulhado de livros, atendido pelo proprietário, um homem velho, encurvado, com aspecto doentio. Parados do outro lado da rua, observamos que o livreiro não parecia sequer interessado em seu negócio: não tirava os olhos do jornal que estava lendo.

— Vai ser fácil — eu disse, entusiasmado. Por mim executaríamos a tarefa naquele momento; Paulo, porém, hesitava.

— Não estou com o nome dos livros que o Raul quer — disse. — Além disso, o motorista pode voltar antes de a gente terminar.

Bem, o nome dos livros, isso eu sabia; quanto ao motorista, não estava em absoluto preocupado com ele. Mas era melhor não insistir. A perturbação de Paulo começava a se transformar em pânico. De modo que marcamos novo encontro para a manhã seguinte, dessa vez para efetuar a ação.

— Vai dar tudo certo — eu disse, para animá-lo.

Mas no dia seguinte seu aspecto era impressionante: estava pálido, com enormes olheiras.

— O que houve? — perguntei.

— Não dormi direito à noite — ele disse. — Alguma coisa que comi me fez mal.

— Você quer deixar para amanhã?

— Não. É melhor a gente resolver este assunto de uma vez.

Entramos na livraria. Como no dia anterior, o homem lia o jornal, cigarro caído no canto da boca. Era a própria imagem da depressão. Conforme combinado, puxei conversa; perguntei por um livro, por outro.

O homem respondia por monossílabos, sem tirar os olhos do jornal. Durou um bom quarto de hora aquela situação, tempo mais que suficiente para que Paulo pegasse um dos

moacyrscliar

três livros da lista e se mandasse. Mas não, ele continuava andando de um lado para outro, como uma barata tonta. Perdi a paciência, fui até ele.

— O que está acontecendo? — sussurrei.

— Não consigo achar os livros. Ou não tem na livraria, ou estão esgotados.

Esgotados? Não. Raul não cometeria tal erro. Mas o que fazer, então? Perguntar ao homem eu não podia. Enquanto pensava numa solução, vi que Paulo saía precipitadamente da livraria. Corri atrás dele.

— Você está louco? Aonde é que você vai?

— Vou telefonar para o Raul pedindo instruções.

Pareceu-me uma atitude absolutamente idiota, mas agora não havia como voltar atrás:

— Vai, então. Telefona.

Ele ligou de um telefone público. A seu lado, eu podia ouvir os gritos do Raul:

— Se não tem aqueles livros, roubem outros, o importante é a ação em si, não os livros.

Voltamos à livraria, esperando que o homem não estranhasse aquelas idas e vindas. O que não aconteceu:

— O que é que vocês querem? — gritou, subitamente irritado. — Vocês estão me tirando a paciência!

Tivemos de bater em retirada, eu consternado, Paulo francamente arrasado.

— E agora? — perguntava. — O que é que o Raul vai dizer?

Eu já estava disposto a mandar longe Raul e seus planos. Mas não podia fazer isso. Não podia por causa do Paulo. Raul adquirira uma importância fundamental para ele. Era o seu líder, o seu guia espiritual.

Nós nos reunimos naquela noite para avaliar os resultados da operação. Bea e Mangusto tinham se saído bem: voltaram com dois livros de Bakunin, aliás bem volumosos, pelo que receberam os cumprimentos de Raul. Para nós, naturalmente, só críticas, ainda que Bea tivesse pedido compreensão para com os malsucedidos companheiros.

— Quem sabe eles tentam de novo? — sugeriu.

— Por favor — disse Paulo —, deixa a gente tentar de novo, Raul.

Não gostei daquilo. Francamente, não gostei daquilo. Achei que Paulo estava se humilhando demais, que ele se dirigia a Raul como um empregado ao patrão. Mas entendia a sua ansiedade: queria ser aceito a qualquer preço. De modo que o apoiei:

— Sim — eu reforcei —, acho que a gente precisa tentar de novo.

Raul deu o nome de outra livraria. Fomos até lá, a pé, e vimos que a coisa seria muito mais difícil.

Para começar, era um estabelecimento bem maior, bem iluminado, atendido por vigilantes empregados. Táticas diversionistas ali não dariam certo. Ao contrário, provavelmente chamaríamos a atenção entrando os dois juntos.

E agora? O que fazer? Por mim eu diria ao Raul que a livraria fora uma má escolha, mas Paulo nem ousava pensar nisso.

— Não podemos pedir outra chance — lamentou. — O Raul vai nos matar. — E então fez uma proposta surpreendente:

— Desta vez deixa eu fazer a tarefa sozinho. Tenho certeza de que vou me sair bem.

Eu o olhava, perplexo, e até alarmado. Será que ele se imaginava entrando numa livraria, roubando um livro e saindo tranquilamente? O tímido Paulo, o nervoso Paulo? Impossível. Mas ele insistiu tanto que acabei concordando. Mais por cansaço: se quer se ralar, que se rale. Combinamos que eu o esperaria num bar ali perto. Ele entrou na livraria, desapareceu entre as prateleiras.

Dez minutos depois estava de volta e trazia o livro. Confesso que me surpreendi: como é que ele tinha conseguido? Modesto, ele dizia que não havia sido difícil, que o intenso movimento na livraria o ajudara. Intenso movimento? Não me parecia. Pouca gente, era o que eu tinha visto na livraria. Em todo caso, eu era amigo: cumprimentei-o, disse que aquilo era um grande passo para ele.

Naquela noite nos reunimos, a pedido do próprio Paulo. Na frente de todos, ele entregou o livro a Raul.

— Aqui está, companheiro. Missão cumprida.

Raul sorriu. Contrafeito, achei. No fundo, ele esperava que fracassássemos. No fundo ele queria um pretexto para dizer que Paulo era irrecuperável, que os preconceitos burgueses nele estavam arraigados demais. Mas, se era isso que Raul estava pensando, soube disfarçar muito bem. Cumprimentou-nos pelo êxito:

— Os companheiros mostraram que é possível a gente se recuperar de um fracasso e atingir a vitória. Um passo para trás não importa, se depois a gente dá dois para a frente.

Enquanto falava, folheava o livro. De repente um papelzinho caiu ao chão.

— O que é isso? — perguntou.

— Não é nada — disse Paulo, empalidecendo. Quis apanhar o papel, mas Raul foi mais rápido e o pegou primeiro; examinou, cenho franzido.

— É a nota fiscal — disse, numa voz surda, descolorida. — A nota fiscal deste livro.

Estendeu o livro e a nota a Paulo:

— Isto é seu, Paulo. Pegue. Você comprou, é seu.

Então era por isso! Paulo tinha comprado o livro. Por isso que ele havia sido tão rápido. Por isso que a ação tinha sido tão simples.

Em meio ao silêncio geral, Raul se levantou.

— A reunião está encerrada. Vou indo.

Saímos todos, quietos. Nem eu sabia o que dizer. De modo que me despedi de Paulo e fui para casa.

***

NA SEMANA SEGUINTE NÃO O VI. Não me procurou, nem eu a ele. Quem me telefonou foi o Raul. Precisava conversar comigo.

— Posso ir aí?

Eu disse que sim, e ele veio. Para minha surpresa, não parecia aborrecido; ao contrário, disse que tinha novos planos, que desejava reunir o grupo novamente. Eu concordei, mais uma vez, por causa do Paulo, para lhe dar uma outra chance. O que é que me movia? Culpa, amizade? Eu não sabia, nem queria descobrir. Não naquele momento, ao menos. Perguntei quando seria a reunião.

— Amanhã à noite — ele disse. Fez uma pausa e acrescentou: — Aqui na sua casa. Se puder, naturalmente.

— Por que não pode ser na casa do Paulo? — perguntei, cauteloso.

Ele hesitou, mas finalmente disse que não queria mais o Paulo no grupo:

No Caminho dos Sonhos

— Ele não serve, Marcos. É muito burguês. Não vai mudar nunca.

Tentei argumentar, mas ele se mostrou irredutível: a ter Paulo no grupo, preferia ficar sem grupo nenhum. Eu, ainda que frustrado, não insisti. Já estava aprendendo. Senti que aquele não era o momento, e que deveria voltar à carga numa ocasião mais oportuna, que surgiu naquela próxima noite.

Abrindo a reunião, e para nossa surpresa, Raul fez uma espécie de autocrítica. Disse que tinha pensado muito e concluíra que a expropriação de livros era um recurso superado. Poderia ter sido necessário numa certa fase de nossa evolução, mas agora tinha de ser deixado para trás. Propunha que discutíssemos uma ação mais ampla, uma ação que envolvesse gente, povo.

— Muito bem — eu disse. — Mas antes quero propor que convidemos de novo o nosso companheiro Paulo. Não acho justo excluí-lo por causa de seu erro. Tanto mais que, como você mesmo disse, essa expropriação de livros nem era tão importante assim.

Bea me apoiou logo de início, Mangusto também. Raul, contrafeito, teve de ceder. Mas fez uma ressalva: não queria mais reuniões na casa do Paulo.

— Aquela história de mordomo servindo salgadinhos me enoja.

Para salvar a cara do meu amigo concordei de imediato. Bea ofereceu a sua casa, bem maior e mais tranquila que o meu apartamento; a todo instante meus irmãos batiam à porta, gritando que precisavam entrar.

Terminada a reunião às dez da noite, atravessei a rua e fui até a casa do Paulo contar o que tinha acontecido. O mordomo abriu-me a porta, hesitou, e acabou chamando o senhor Wolf. Ele veio, assustado, perguntando se tinha acontecido alguma coisa. Tranquilizei-o:

— Não houve nada — eu disse —, só quero falar com o Paulo.

Ele me olhou fixo, desconfiado:

— Você tem certeza de que não houve nada, Marcos? Que não está havendo nada?

— Ora, seu Wolf.

— Vê lá, hein, rapaz. Vê lá. Eu confio em você como se fosse alguém da família. Se o Paulo está metido em alguma confusão, gostaria que você me contasse.

E num súbito impulso:

— Entre aqui, na biblioteca, quero falar com você.

— Mas o Paulo...

— Ele espera um pouco. Entre aqui.

Entramos, ele fechou a porta e me indicou uma cadeira. Contou-me então uma longa história: de como tinha saído da Europa, à época do nazismo; de como tinha lutado para abrir seu caminho no Brasil. Falou de sua mulher, falecida quando Paulo tinha apenas três anos, e de como conseguira criar sozinho o filho. Falou das noites em claro com Paulo, doente, em seus braços.

— Um filho dá trabalho para a gente criar — disse, enxugando os olhos. — Principalmente para quem é viúvo. Você vê, Marcos, eu nunca quis casar de novo; tinha medo de que o Paulo não recebesse bem uma madrasta. E não quis governanta, enfermeira, nada dessas coisas. Eu mesmo cuidei dele, fui pai e mãe. Você pode compreender como me sinto apegado a meu filho.

Eu o ouvia, constrangido e perplexo, não sabia aonde ele queria chegar. Mas depois de um longo silêncio ele foi ao ponto:

— O Paulo está diferente, Marcos. Eu noto que ele está diferente. Desde que apareceu esse tal de Raul. Os outros amigos de vocês me parecem gente boa, mas esse Raul me incomoda. Acho que ele exerce uma grande influência sobre o Paulo, uma influência ruim. Eu sei que um filho tem de crescer um dia, que tem de se separar do pai, mas confesso que tenho medo desse dia. Luto contra esse medo, mas não adianta, é mais forte que eu. E, quando você vê um filho praticamente dominado por um rapaz como esse Raul, o medo fica maior ainda. Por isso peço a você: me ajude, Marcos. Você é amigo do Paulo desde quando os dois eram bem pequenos, e o conhece tão bem quanto eu. Me ajude.

— Mas o que é que o senhor quer que eu faça, seu Wolf? — perguntei, já angustiado com aquela conversa.

— Me conte tudo. Me conte o que está acontecendo.

— Contar o quê, seu Wolf? Nós somos um grupo de amigos, só isso. Nos encontramos para bater papo.

Ele me olhava, desconfiado.

— Só isso?

— Só.

Fez-se um silêncio pesado, tenso. Eu senti que ele não estava acreditando, mas o que poderia fazer para aliviar a ansiedade do homem? Uma ideia me ocorreu, uma ideia que no momento me pareceu inspirada. Pigarreei:

— Quer dizer...

— Sim? — o senhor Wolf se inclinou para mim, atento.

— Tem uma coisa, seu Wolf. O Paulo não me falou, e não falaria para o senhor, mas acho que sei o que está se passando. Ele está apaixonado.

Olhava-me incrédulo.

— Por aquela menina que veio aqui. A Beatriz. Já notei qualquer coisa entre eles. Sorrisinhos, essa coisa de namorados.

— Veja só — murmurou ele —, o Paulo apaixonado. — Parecia agradavelmente surpreso e ao mesmo tempo desconcertado; decerto nunca havia passado por sua cabeça que o filho pudesse, um dia, arranjar uma namorada. — Bom — suspirou. — Se for assim, menos mal. — Levantou-se. — Está bem, Marcos, vá falar com ele. Mas não conte nada da nossa conversa.

Abriu a porta, mas, antes que eu saísse, segurou-me pelo braço.

— Quero que me prometa uma coisa. Prometa que me contará tudo o que você souber a respeito do Paulo.

Olhei fixamente para o senhor Wolf. Parecia tão pequeno, tão desamparado, que tive pena dele, muita pena. Sofria muito o pobre homem, sem dúvida mais do que merecia.

Mesmo sendo, como dizia Raul, um capitalista, e portanto o protótipo da insensibilidade.

— O senhor pode confiar em mim, seu Wolf.

Agradeceu-me várias vezes e me levou até o quarto de Paulo. Ele estava deitado, vestido, escutando música clássica: Mozart, o *Requiem*. Viu-me, sorriu, mas não disse nada. Quando, porém, falei que ele poderia voltar a fazer parte do grupo, mudou completamente. Sentou-se na cama, os olhos brilhando:

— É mesmo, Marcos? O pessoal me aceita?

Era comovente a sua alegria. Aí me dei conta de quanto ele deveria se sentir solitário ali, naquela casa enorme, com o pai e os empregados. Intrigava-me sua relação com o pai, era algo confuso, uma mistura de amor e ódio, algo que fermentava e borbulhava como um caldeirão sobre o fogo.

— É isso — eu disse, e me levantei.

Mas ele ainda tinha um pedido a fazer. Sempre havia um pedido a fazer, ou algo a dizer na hora em que eu ia embora. Para ele a separação era uma dor; era como se lhe arrancassem um pedaço. Procurava, pois, adiar esse momento.

— Queria ir junto com você à reunião.

Por algum motivo inexplicável aquilo me irritou, aquela ânsia de aderir, de se agarrar a mim. Respondi, até desabridamente, que ainda não sabia se iria para lá da minha casa ou do centro. Ele insistiu, alegando que não sabia como chegar à casa de Bea.

— Mas você tem motorista — disse, não sem certa maldade; a irritação mobilizava em mim venenos ocultos.

Ele me encarou; tinha os olhos cheios d'água. Eu passara dos limites, a humilhação fora demais. Ele fez das tripas coração para dizer que não ia de carro, que não usaria mais o

No Caminho dos Sonhos | 83

carro, andaria de ônibus, como nós. Caí em mim, dando conta da violência que havia cometido.

— Passo aqui às oito — eu disse.

Na noite seguinte lá estávamos, na casa de Bea, uma bela casa, confortável, mas nem de longe comparável à mansão dos Dreizinger. O pai de Bea nos olhou meio atravessado.

— O que é que vocês andam tramando, rapaziada? — Mas deixou que nos reuníssemos em seu escritório. Nenhum empregado apareceu, a própria Bea nos serviu um cafezinho. Raul nos olhava, quieto. Incômodo aquele silêncio. Esperávamos que nos dissesse alguma coisa, mas não falava. Por fim, Bea o interpelou:

— Como é, Raul? Você não tinha algo a nos comunicar?

Não respondeu. Fitava-nos apenas. Aquilo já estava passando dos limites. Eu me mexia na cadeira, inquieto. Paulo, então, estava agoniado, com as orelhas em brasa. Por fim Raul suspirou:

— Acho que não estamos prontos — disse por fim. Mas foi uma concessão aquilo, de se incluir. Não disse *vocês* não estão prontos, mas *nós* não estamos prontos. Era hábil mesmo. Maquiavélico.

— Por que não estamos prontos? — perguntou Mangusto.

— Não estamos prontos — repetiu. — Precisamos expor nossas dúvidas, aprofundar nossa discussão. — Levantou-se.

— Mas não hoje. Hoje não há clima para isso. Vamos nos reunir outro dia. Amanhã, talvez. Ou depois.

Paulo se pôs de pé, completamente transtornado.

— É por minha causa, Raul? — perguntou, numa voz trêmula. — É por minha causa que você está suspendendo a reunião?

Raul olhou para ele. Sorriu, e era um enigma aquele sorriso, algo simpático, algo sinistro, algo patético, algo irônico. Colocou a mão no ombro de Paulo.

— Não, companheiro. Não foi por sua causa. Não só por sua causa.

Não era suficiente, claro, aquela explicação, mas pelo menos ele tinha chamado Paulo de companheiro, o que teve o efeito de nos acalmar a todos. Talvez, pensei, o Raul tivesse razão. Talvez devêssemos mesmo conversar mais, discutir o que pretendíamos fazer.

Nas reuniões que se seguiram, e foram várias, conversamos muito. Raul agora falava bastante, às vezes calmo, às vezes exaltado. Uma noite discorreu longamente sobre a Inconfidência Mineira, sobre Tiradentes. Outra noite leu para nós trechos da vida de Espártaco. Uma terceira noite evocou os combatentes de Palmares. Comparados com aquelas figuras gigantescas nos sentíamos minúsculos, o que agradava a Raul.

— Temos de começar reconhecendo nossa própria insignificância — ensinava.

Não sei como ocorreu, mas em algum ponto dessa trajetória estávamos todos prontos para a ação.

Todos não: talvez Paulo não estivesse pronto, talvez Bea não estivesse pronta, talvez eu mesmo não estivesse pronto. Mas o que importava é que o grupo estava pronto. O grupo já falava, por vezes, em uníssono, e quando cantávamos as libertárias músicas do Centro Popular de Cultura ninguém desafinava. Estávamos prontos, sim. Mas prontos para quê? Não tínhamos ainda nenhum objetivo concreto, definido. Enquanto isso, nas ruas, as manifestações se sucediam: pela reforma agrária, pela reforma urbana. Sentíamos que alguma coisa iria acontecer.

No Caminho dos Sonhos | 85

E aconteceu. Mais rápido e mais próximo do que poderíamos imaginar.

***

No Jardim Europa, não longe de onde Paulo e eu morávamos, havia uma grande casa abandonada, um antigo palacete que o proprietário pretendia demolir para construir um edifício; só não o fizera porque o projeto não tinha sido aprovado pela prefeitura. O casarão foi aos poucos sendo ocupado: primeiro por catadores de papel, logo por famílias vindas do interior de São Paulo. Quando o proprietário quis desalojá-los, já era tarde: uma verdadeira república tinha se instalado no local.

— Está aí algo que podemos fazer — disse Raul, numa reunião. — Apoiar essa gente. Ajudá-los a se organizar. Dar a eles uma consciência de classe.

Nós o olhamos, surpresos. Nunca tínhamos pensado naquilo, em trabalhar com gente do povo. Tínhamos pensado, sim, em nós nos organizarmos, até de criar uma comuna tínhamos cogitado, mas entre nós, não com outros. Mas à medida que Raul falava, e ele estava particularmente inspirado naquela noite, nosso entusiasmo foi crescendo; lá pelas tantas já estávamos empolgadíssimos, falando todos ao mesmo tempo. Quanta coisa poderíamos fazer naquela pequena comunidade! Ensinar os analfabetos a ler, dar palestras para os adultos, proporcionar uma iniciação musical às crianças: para isso Bea, que tocava flauta muito bem, logo se engajou. Seria possível organizar uma horta comunitária no pátio da casa, criar peixes na piscina há muito não utilizada; criar um ateliê de artesanato, aberto aos domingos para o público. Poderíamos fazer muita coisa. Mas Raul nos advertiu:

— Não se trata de caridade, gente, não se trata de filantropia. Trata-se de mudar a sociedade. Aquele grupo é só uma parte de um todo maior, é um instrumento na luta voluntária.

Contudo, nem mesmo essa ponderação arrefeceu nosso ânimo. Paulo, então, estava a mil, eu nunca o tinha visto tão entusiasmado. Por fim combinamos uma visita ao local para, depois disso, continuar a discussão.

No dia seguinte, um sábado, nos encontramos de manhã e seguimos para lá. A casa estava fechada. Raul bateu à porta. Nada. Bateu de novo. Desta vez a porta se entreabriu e um olho desconfiado nos espiou lá de dentro.

— O que é que vocês querem?

— Queremos ajudar vocês — explicou Raul. — Somos amigos.

O nosso interlocutor não parecia convencido:

— Mas vocês são o quê? Escoteiros, coisa assim?

Escoteiros! Bea começou a rir, mas se calou diante do olhar de reprovação que Raul lançou a ela.

— Não somos escoteiros — ele disse —, mas estamos solidários com vocês.

Eu não estava seguro de que o homem tivesse entendido o que vinha a ser *solidário*, mas a porta se abriu e ele apareceu. Era um homem de certa idade e com uma péssima aparência: a barba por fazer, camisa rasgada. Não tinha uma perna, apoiava-se numa velha muleta, amarrada com barbante. Encarou-nos um a um, sempre com ar de desconfiança.

— Vocês são de alguma religião?

Raul era realmente astuto. Ele disse que sim, que éramos de uma espécie de religião, que nos dedicávamos a auxiliar os outros.

— Com dinheiro? — quis saber o homem. Aparentemente já tinha experiência dessas coisas, de instituições de caridade.

— Também — disse Raul. — Conforme o caso. Podemos entrar?

O homem vacilou, mas nos deixou entrar. Fomos percorrendo o casarão, nauseados com o fétido odor. Por toda parte havia gente: homens, mulheres, crianças. Sentados no chão ou em banquinhos, deitados em colchões rasgados.

— Que lugar sujo — murmurou Bea. E era verdade: nunca tinha visto um lugar tão sujo. E, se eu estava chocado, o que dizer de Paulo? Dava pena sua expressão: estava verdadeiramente horrorizado com o que via.

O homem nos conduziu até o pátio da casa. Horta ali seria um empreendimento difícil; o mato vicejava, alto de metro. Perguntou-nos o que queríamos, ao que Raul respondeu:

— Vocês dizem o que querem, de que precisam, e nós vamos ajudar.

O homem disse que alguma comida e uns cobertores viriam bem, por enquanto.

— Traremos amanhã — disse Raul, categórico.

— Que história é essa — protestou Mangusto, quando saímos — de dar comida e cobertores? Você não nos alertou contra a caridade, contra a filantropia, Raul?

— Quem disse que estamos fazendo caridade? — Raul sorria, aquele sorriso superior que tanto me irritava. — Estamos fazendo uma pequena concessão. Dando um passo para trás para avançar dois adiante. Não podemos assustar essa gente, podemos? Não podemos falar para eles em transformação social, nem sabem o que é isso. Temos de introduzir a coisa gradualmente, elevando aos poucos o nível de consciência deles. Esse trabalho pode levar tempo. E vai exigir paciência.

Encarregou Paulo e Bea de trazer cobertores e comida e marcou novo encontro para a manhã seguinte.

Fomos caminhando para casa, Paulo e eu. Paulo não dizia nada, mas eu sabia como ele estava se sentindo: arrasado, destruído. À porta da casa dele parou, suspirou:

— Puxa vida, Marcos — disse com tristeza. — Eu sabia que era um burguês, mas tão burguês, francamente, não me imaginava. — Confessou que tivera de se conter para não sair correndo. — O cheiro, Marcos. Aquele cheiro era terrível.

— E você pensa que não senti? — repliquei. — Um ambiente de muita pobreza é assim mesmo, Paulo. Você queria que aquele lugar cheirasse a quê? A perfume francês? Ora, Paulo.

Ele suspirou mais uma vez.

— É, Marcos, você tem razão. Mas bem que eu gostaria de me sentir menos enojado, mais solidário. — Despediu-se.

— Bem, vou entrando. Meu pai já deve estar inquieto. Passa do meio-dia. Ele não almoça se não estou em casa, você sabe como é — forçou um sorriso. — Espero que dê certo essa nova missão.

— Vai dar — garanti.

Mas não estava tão seguro assim. A história da invasão do palacete era algo de domínio público. Meu pai, por exemplo, já comentara a respeito: "Pouca vergonha, não se tem mais segurança nenhuma, a polícia deveria fazer alguma coisa".

Eu temia complicações.

De início tudo correu bem. No domingo, tal como previsto, levamos a comida e os cobertores. O homem que abrira a porta para nós na véspera, e que se chamava Bento, nos recebeu melhor e foi nos apresentando a alguns dos moradores. Conversamos um pouco. Descobrimos de imediato que nem todos eram indigentes como pensáramos: alguns trabalhavam na construção civil, outros eram operários. Ao todo havia ali quarenta e duas pessoas. Com um deles, um rapaz chamado Breno, auxiliar de pedreiro, conversamos longamente. Ele tinha algumas ideias sobre como o local poderia ser melhorado:

— Temos de dar um jeito de ligar a água e a luz. Aí podemos usar a cozinha e fazer comida para todos. Esse negócio de cada um preparar a comida em seu braseiro é besteira. E temos de providenciar a limpeza também.

Nós o ouvíamos, surpresos e até encantados. Mas Raul não deixou que comentássemos nada. Não queria forçar a barra. Depois de uma meia hora de papo ele disse, abruptamente, que precisávamos ir. Dessa vez foi Bento quem nos convidou a voltar, o que era um evidente avanço.

— Muito bem — disse Raul, quando saímos —, agora podemos planejar o que vamos fazer.

Convocou uma reunião para aquela noite.

— Outra reunião? — disse Mangusto, irritado. Queria ir ao cinema, era a última oportunidade que tinha para ver já não me lembro qual filme.

— Você não precisa vir — disse Raul. — Você não precisa vir mais, se não quiser. Quanto a nós, estaremos à noite na casa da Bea.

Mangusto foi embora resmungando, mas à noite lá estava ele, nos esperando em frente à casa de Bea.

Raul chegou tarde, aborrecido. O motivo podíamos adivinhar: tinha discutido com a mãe e o padrasto. Sobre essas coisas não falava. "A vida pessoal não interessa", dizia, "o que interessa é a causa". E, de fato, tão logo começou a falar se recuperou: era de novo o líder em potencial, analisando a situação, propondo estratégias.

— O que queremos? — perguntou. — Queremos organizar quarenta e duas pessoas, um grupo amorfo, desmoralizado, queremos fazer com que participem numa forma de comuna urbana que estabeleça um paradigma a ser seguido em casos semelhantes. Podemos propor isso a eles? Não. Agora não. Mas podemos convencê-los de que devem ter representantes, e estes representantes podem ser trabalhados por nós. Esse Breno, por exemplo, me parece um cara muito aproveitável.

Propôs uma sistemática de atuação. A exemplo do que acontecera com as livrarias, trabalharíamos em duplas, de acordo com uma escala.

— Não podemos ir lá todos juntos. Temos de evitar chamar a atenção. Isso daria um pretexto ao proprietário e à polícia.

A menção à polícia me causou apreensão. Não falei nada, mas continuava com maus presságios. Que acabaram se concretizando. E Paulo foi o pivô de tudo.

Três dias depois de nossa reunião ele foi visitar o pessoal lá no casarão, sozinho. Mangusto, que deveria acompanhá-lo, estava gripado. Quando saiu, uma moça se aproximou, gravador em punho. Era uma repórter de rádio, tinha ouvido falar do trabalho de certos jovens com os moradores. Poderia Paulo dizer qualquer coisa a respeito? E aí aconteceu um fato que até hoje considero inexplicável: o tímido Paulo, o retraído Paulo se pôs a fazer declarações. Declarações não: fez um comício. Em altos brados, denunciou o injusto sistema em que vivia o país, um sistema baseado na exploração do

homem pelo homem, e do qual as pessoas só se libertariam mediante uma transformação radical de suas vidas. E por aí foi. Mais tarde, na casa de Bea, ouvindo uma gravação do programa obtida por Raul, que tinha um amigo na rádio, eu me surpreendia com a exaltação de Paulo, com seu tom inflamado. Aquele era mesmo ele? Era. No final do programa a repórter disse: "Este foi Paulo Dreizinger, membro do Grupo Tiradentes, que está trabalhando com os moradores do antigo palacete no Jardim Europa; agora transformado, segundo o mesmo Paulo, no núcleo de uma nova sociedade".

Raul desligou o gravador. Durante uns instantes ficamos em silêncio. Não ousávamos nos olhar.

— Vem bomba aí — disse Raul, por fim, num tom neutro.

Paulo tentou se explicar:

— Eu achei que era uma boa oportunidade para...

— Cale a boca — disse Raul, seco, e dessa vez nem eu tive coragem de defender o Paulo. Realmente ele fizera uma besteira, uma tolice sem explicação.

— E agora? — arriscou Bea. — O que é que a gente faz agora?

— Nada — disse Raul. — Não há nada a fazer. Temos de aguardar os acontecimentos. Provavelmente essa entrevista vai ter repercussões. Vão falar na infiltração de agitadores, vão exigir providências.

Não deu outra, como constatamos no dia seguinte. Houve pronunciamentos acalorados na Câmara dos Vereadores, notícias nos jornais; pelo menos um editorial pedia uma ação enérgica das autoridades. Naquela mesma noite um delegado de polícia anunciou que nas próximas vinte e quatro horas os invasores seriam desalojados.

Não dormi direito. Imaginava como Paulo deveria estar se torturando. Tinha medo até de que ele fizesse uma bobagem. De manhã bem cedo fui à sua casa. Encontrei o senhor Wolf atirado numa poltrona, completamente transtornado. Correu ao meu encontro.

— Marcos, Marcos, o que está acontecendo?

Contou que Paulo tinha saído muito cedo, sem avisar ninguém, sem dizer aonde ia.

— Não é costume dele, Marcos. Ele sempre me diz aonde vai, sabe que me preocupo. Por que ele fez isso?

Tirou um lenço do bolso, assoou-se ruidosamente.

— E tem mais uma coisa, Marcos. A cozinheira o ouviu falando no rádio, dizendo umas coisas esquisitas. O que você sabe a respeito disso?

Eu respondi que não sabia de nada, e também que não imaginava onde Paulo pudesse estar. Mas tratei de tranquilizar o pobre homem:

— Não se preocupe, seu Wolf. Vai ver que o Paulo resolveu ir mais cedo para o colégio, ou coisa assim. Vou descobrir onde ele está, não se preocupe.

Saí e fui direto para o casarão. Mas cheguei tarde demais. A polícia já estava lá. Uns vinte homens com cassetetes isolavam a frente da casa.

— Ninguém entra — disse um corpulento tenente quando me aproximei.

— Mas eu preciso falar com um amigo meu que está aí dentro, o pai dele está doente...

— Ninguém entra — repetiu o tenente. — Nós demos um ultimato para esse pessoal. Se não saírem até as cinco da tarde, nós vamos tirá-los daí à força.

— Marcos! Marcos, estou aqui!

Olhei para cima. Era ele, o Paulo. Estava na ampla sacada do primeiro andar, rodeado por Breno, Bento e outros moradores. Acenava-me, radiante. Eu nunca o tinha visto tão feliz, o que me deixou ainda mais assustado.

— O que é que você está fazendo aí? — gritei. — Volta para casa, seu pai está morrendo de preocupação.

— Não, Marcos. Daqui não sairemos. Não fui eu que resolvi, foi o pessoal aqui, este povo. E eu tenho de ficar com eles, Marcos. Afinal, sou o responsável por essa situação, não sou? Nós vamos resistir até o fim, Marcos.

— Mas o teu pai...

— Diga ao papai que não se preocupe, que vai terminar tudo bem. E avise ao pessoal que estou aqui. Acho que o Raul gostaria de me ver, não é mesmo?

Breno o puxou pelo braço. Trocaram algumas palavras em voz baixa, enquanto o tenente me perguntava, intrigado:

— Quem é esse sujeito? Não parece um marginal como os outros.

— Não são marginais. E ele é estudante. — E acrescentei, tentando blefar: — O pai dele é gente importante.

Não adiantou. O tenente sacudiu a cabeça, ameaçador:

— Pode ser até filho do governador. Se até as cinco esse pessoal não sair daí, tiro todo mundo para fora. Na marra.

A ameaça me assustou. O homem estava falando sério.

— Você ouviu, Paulo? — gritei. — Eles vão tirar vocês daí à força!

— Eles que tentem! Eles que tentem! — Riu. — Daqui ninguém nos arranca!

Os outros riram também.

— Com esta gente não adianta — disse o tenente. — Só na porrada mesmo.

Eu não sabia o que fazer. Mas era muita responsabilidade segurar a barra sozinho. De modo que voltei para a casa do senhor Wolf e contei a ele o que estava acontecendo.

— Meu Deus — gemeu ele. Pegou o casaco e o chapéu. — Vamos lá, Marcos. Vamos lá depressa.

Eu o segurei.

— Um momentinho, seu Wolf. Vamos pensar no que a gente vai fazer. O senhor indo lá, assim nervoso, pode até piorar as coisas. — Não disse, mas tive medo de que o homem sofresse um enfarte ou algo assim. Ele era cardíaco, eu sabia.

O senhor Wolf olhou para mim.

— Mas o que é que podemos fazer, Marcos? O que é que podemos fazer?

Eu não sabia. Durante uns instantes ficamos em silêncio, aparvalhados. De repente algo ocorreu em sua mente. Segurou-me pelo braço.

— Me diz uma coisa, Marcos. Esse lugar onde eles estão não é aquele casarão abandonado a uma meia dúzia de quarteirões daqui?

— É — eu disse.

— Pois então, está resolvido — disse ele. — Eu conheço o dono daquilo lá. Vou comprar a casa. Já. E depois vocês fazem o que quiserem com ela.

Olhou o número na lista, pegou o telefone, discou. Durante alguns minutos falou em alemão com alguém. Quando desligou, parecia satisfeito.

— Acho que tenho condições de fechar o negócio agora. Vou passar no escritório do proprietário. E você, Marcos, vá na frente. Não deixe a polícia fazer nada, avise que eu chego em seguida.

O motorista o esperava à porta com a máquina ligada. Entrou no carro, que partiu a toda, os pneus guinchando. Corri para o casarão. Lá encontrei Raul, Bea e Mangusto. Bea tinha ouvido pelo rádio a notícia do cerco da casa e avisara aos outros. Àquela altura a imprensa toda, inclusive a TV, já estava no local. Paulo continuava na sacada, de onde sorria e acenava.

— E então, Raul? — gritou. — O que me diz dessa, Raul?

— Idiota — Raul resmungou. — Botou tudo a perder.

— O que é que você está dizendo, Raul? — perguntei irritado.

— Você ouviu. Aquele palhaço transformou o nosso trabalho num espetáculo de circo. Isso não tem mais volta. Espero que a polícia os arrebente. É o que merecem.

Eu não podia acreditar no que estava ouvindo. Nem Mangusto. Nem Bea.

— Você está louco, Raul? — perguntou ela. Ele nem respondeu. Afastou-se e foi se encostar numa árvore. Dali ficou observando a casa, os braços cruzados, a cara fechada.

moacyrscliar

Não demorou muito o carrão do senhor Wolf chegou. Ele saltou, um papel na mão.

— Consegui, Marcos! — gritou quando me viu. — Já paguei um sinal pela casa. Aqui está o recibo.

— Este aí é o pai do rapaz que está lá dentro — expliquei ao tenente. O policial o olhou incrédulo.

— O senhor comprou mesmo a casa?

O senhor Wolf mostrou a ele o recibo do sinal que havia pago. Um valor, aliás, absurdo: o proprietário soubera tirar proveito de sua aflição de pai.

— O antigo dono — disse o tenente — pediu à polícia que retirasse os invasores. O senhor mantém esse pedido?

— Não! — gritou o senhor Wolf. — A casa agora é do meu filho. Se ele quiser que essas pessoas fiquem aí, elas ficarão.

O tenente, perplexo, não se dava por vencido:

— É isso mesmo que o senhor quer?

— Claro. E peça aos homens para tirarem este cordão de isolamento, por favor.

O tenente ordenou aos policiais que voltassem às viaturas. Da sacada, Breno e os outros aplaudiram e deram vivas, enquanto Paulo, as lágrimas correndo pelo rosto, acenava para o pai.

A porta da frente se abriu e entramos todos, o senhor Wolf à frente. Paulo o esperava. Abraçaram-se, em meio a uma barulhada ensurdecedora: homens e mulheres aplaudindo, as crianças gritando e chorando.

— Que coisa! — disse Bea, enxugando os olhos. Eu também estava emocionado.

Breno esvaziou uma sala, conseguiu banquinhos, fez com que nos sentássemos. Bento, por sua vez, apareceu com uma garrafa de cachaça e uns copos.

No Caminho dos Sonhos | 99

— Isso merece uma comemoração.

Encheu os copos. Paulo então fez um breve discurso:

— Há muitos anos este homem que vocês aqui veem — apontou para o pai — descobriu um país chamado Brasil. Este país foi bom para ele, deu a ele comida, um teto. Deu mais que isso: deu a ele a oportunidade de ser justo. E deu também ao filho deste homem a oportunidade de se reencontrar com o pai. Nós, meus amigos, começamos agora uma nova vida. A vocês temos de agradecer, pela lição de coragem que nos deram.

As mulheres soluçavam, e mesmo alguns homens enxugaram os olhos. Paulo ergueu o seu copo.

— A um mundo melhor!

Todos os que estavam com copo na mão brindaram com ele. E depois foram saindo. Ficamos ali, o senhor Wolf, Paulo, Bea, Mangusto e eu. De repente vimos Raul. Ele estava parado na porta, imóvel.

— Entra, Raul — disse Mangusto, bem-humorado. — Sobrou um pouco de caninha para você.

— Obrigado — disse Raul, seco. — Não bebo.

Sentou-se, e ficou nos olhando em silêncio. Um silêncio incômodo, constrangedor, a tal ponto que eu me senti obrigado a perguntar o que ele achava de tudo aquilo. Antes não o tivesse feito.

— Acho uma bosta — ele disse.

— Como, Raul? — Bea, verdadeiramente ultrajada. — O que é que você está falando? O seu Wolf vai dar a casa para esta gente. O problema está resolvido, Raul.

— Resolvido, sim — Raul, irônico. — Resolvido como os capitalistas resolvem as coisas: comprando tudo, subornando a todos. Resolvido com dinheiro sujo.

— Raul! — gritei —, Raul, chega!

— Sujo! — repetiu ele. — Dinheiro sujo! Então foi para isso que trabalhamos? Foi para isso que tentamos mobilizar essa gente? Para chegar um ricaço idiota e dar a eles de presente o que tinham de conquistar?

Paulo se levantou. Estava lívido. Arrebatou das mãos do pai o recibo e o rasgou em pedacinhos. Voltou-se para Raul, olhou para ele um instante e deu nele uma bofetada. Uma tremenda bofetada, que fez o outro rolar pelo chão.

Depois se voltou para o pai:

— Vamos, papai.

O senhor Wolf sorriu debilmente, como a pedir desculpas, e acompanhou o filho que saía.

***

PERDEMOS A CASA, naturalmente, mas alguma coisa se obteve: autorizados pelo senhor Wolf, Bea e eu negociamos com o proprietário e conseguimos que ele desse ao Bento e ao restante do pessoal metade do valor do sinal, em dinheiro, com o que eles compraram um terreno e construíram várias casas, modestas mas bem ajeitadas. Formaram uma associação de moradores e conseguiram que a prefeitura fizesse uma pequena praça para as crianças brincarem.

No Caminho dos Sonhos

Nosso grupo se desfez. Raul saiu do colégio, foi trabalhar numa livraria. Tornou-se militante político e em 1968 esteve preso durante vários meses. Posteriormente se tornou deputado. Está fazendo uma brilhante carreira política.

Mangusto se formou em Direito. Paulo e Bea se casaram. A história que eu tinha imaginado, que ele gostava dela, que trocavam olhares apaixonados, ao fim e ao cabo era verdade: ele gostava dela, trocavam olhares apaixonados. Namoraram durante anos e um dia se casaram. Tiveram um filho chamado Marcelo, de quem sou padrinho.

No segundo aniversário de Marcelo, Paulo foi buscar o pai em casa para a festa. Foi de carro, ele mesmo dirigindo. Era mau chofer, mas se havia coisa que não podia admitir, pelas razões que já conhecemos, era um motorista particular. No cruzamento de uma movimentada avenida colidiram com um pesado caminhão, que trafegava em excesso de velocidade. O carro foi jogado a vários metros de distância. O senhor Wolf e Paulo morreram na hora.

* * *

A VIAGEM DE WOLF DREIZINGER ao Brasil teve um final surpreendente, mais surpreendente do que a viagem em si. Não sei se você vai acreditar no que vou contar agora, Marcelo. Se não acreditar, não tem importância. Eu mesmo ouvia Wolf com certa incredulidade. Quando se avança por entre as brumas do passado, eu pensava, é difícil separar o real do imaginário, principalmente depois do terceiro uísque. Ele gostava de uísque. Era, aliás, um dos poucos prazeres que se permitia.

Voltando à viagem.

moacyrscliar

Uma manhã, já estavam, então, perto do Brasil, Wolf acordou ouvindo vozes de entusiasmo. Vestiu-se rapidamente e saiu. Seus companheiros de viagem e toda a tripulação se comprimiam contra a amurada, olhando algo no mar. Era um submarino. Não tinha bandeira nem marcas distintivas, apenas um número, U-276, pintado em grandes letras brancas no casco escuro. Quando Wolf viu aquilo, ele se apavorou; de imediato deduziu que se tratava de um submarino alemão. De fato, pouco depois a portinhola foi aberta e um homem com megafone gritou em português, mas com nítido sotaque germânico, que desejava falar com o comandante. Notando a palidez de Wolf, Tiradentes tentou acalmá-lo:

— Calma — sussurrou —, talvez isso nada tenha a ver com você.

Mas tinha. Tinha tudo a ver com Wolf Dreizinger, fugitivo da Alemanha nazista, especialista que detinha importantes segredos sobre a fabricação de explosivos.

Cabral mandou descer um escaler e se dirigiu até o submarino. Ficou lá cerca de meia hora. Quando voltou, a fisionomia carregada, mandou que todos se dedicassem às suas tarefas. E, apontando para Wolf, disse, seco.

— Quero falar com o senhor. Venha, por favor, a meu camarote.

No luxuoso compartimento, Cabral foi direto ao assunto:

— O senhor traiu minha confiança, senhor Hans. Começou mentindo sobre sua origem, mentiu sobre os motivos que o levaram a me procurar. Até o nome que o senhor me deu era falso.

Fez uma pausa, e prosseguiu:

— Aqueles senhores exigem que eu o entregue a eles. E é o que vou fazer. O senhor deve a eles explicações.

— Por favor... — balbuciou Wolf, mas Cabral não permitiu sequer que continuasse:

— Poupe-me do constrangimento desta discussão, senhor Wolf. Vamos voltar para a ponte.

Na ponte, Cabral fez soar o sino. Todos se reuniram no convés. O clima era de tensa expectativa. Do submarino, os três homens continuavam vigiando a caravela; um deles agora empunhava uma metralhadora.

— Tenho uma grave comunicação a fazer — começou Cabral. — Este homem que está a meu lado, e que todos conheciam como Hans Schmidt, chama-se na verdade Wolf Dreizinger, é judeu e fugiu da Alemanha com importantes segredos referentes à indústria bélica. O comandante do submarino exige sua extradição e é o que eu, como responsável pela caravela *Lusíada*, farei agora. Peço a colaboração de todos para que esta providência possa ser tomada da maneira mais rápida possível.

Chamou dois marujos.

— Vocês. Levem o homem para o escaler e entreguem-no aos homens do submarino.

Os marinheiros hesitaram. Nesse momento se ouviu um grito:

— Esperem!

Era Tiradentes.

— O senhor, de novo? — Cabral, irritado. — O que quer agora?

— O senhor não pode entregar o nosso amigo, senhor Cabral. É um crime contra a humanidade.

— Não estou pedindo sua opinião — disse Cabral, ríspido. — Fique quieto, que é o melhor que o senhor tem a fazer. — E para os marujos: — Façam o que eu mandei.

Tiradentes correu para um escaler, pegou um remo e, brandindo-o como se fosse uma clava, postou-se entre Wolf e Cabral.

— Ninguém tocará neste homem — gritou, desafiador.

Sem saber o que fazer, os marinheiros olhavam para Cabral; este, a custo se contendo, ordenou a Tiradentes que largasse o remo.

— Nunca — bradou Tiradentes. — Não vou permitir esse crime.

— Muito bem — disse Cabral, em voz baixa, contida. — Se é violência que o senhor quer, vamos à violência. — Tirou a mão do bolso e sacou um pequeno revólver. — Vou contar até três para que o senhor largue esse remo e me obedeça. Um, dois...

No Caminho dos Sonhos | 105

Não chegou a concluir. Saltando de sobre a ponte, onde estava oculto, o negrinho Saci o atingiu, com a única perna, bem no meio das costas. Cabral rolou pelo chão, deixando cair a arma, que Zumbi imediatamente apanhou, apontando-a para os marinheiros. Daí em diante, tudo se sucedeu rápido: Cabral, Dom Pedro I, Dom Pedro II e o imediato foram trancados num camarote. Tiradentes ordenou a Fernão Dias que pegasse o escaler e fosse, com dois marinheiros, até o submarino.

— Diga a eles que não podemos entregar Wolf, que temos de consultar nosso governo pelo rádio. Com isso ganhamos tempo.

Fernão Dias, que àquela hora já estava visivelmente embriagado, apressou-se a cumprir a determinação, encantado com a ideia de se tornar rebelde.

— Confusão é comigo mesmo, senhor Tiradentes.

Wolf, porém, pediu que ele esperasse. Dirigindo-se a Tiradentes, disse que não queria o sacrifício de ninguém, que preferia se entregar aos nazistas.

— Ora vamos — retrucou Tiradentes, sorrindo. — Isso não é só por você, amigo Wolf. É por nós todos, por nossa dignidade. Temos de dar um basta a estas feras, não é mesmo?

Wolf não pôde se conter, rompeu num pranto convulso.

— Que é isso? — disse Tiradentes. — Não há motivo para tanta emoção.

Mandou que Fernão Dias fosse logo ao submarino. O escaler foi arriado. Fernão Dias embarcou com certa dificuldade, e os marinheiros o conduziram até o submersível. Da caravela o viam tratar com os alemães, gesticulando muito. Voltou alegre, dizendo que tinha conseguido o prazo de uma hora.

— Ótimo — disse Tiradentes. Aproveitou para fazer uma reunião rápida. — A situação é de emergência, temos de nos manter unidos. Não vamos entregar Wolf Dreizinger de maneira nenhuma. Estão de acordo?

Todos aplaudiram. Tiradentes aguardou mais um pouco e despachou Fernão Dias com nova mensagem: de acordo com instruções de Lisboa, Wolf Dreizinger deveria primeiramente ser interrogado pelo embaixador português no Rio de Janeiro, isso ainda a bordo da caravela. Depois seria entregue aos nazistas.

Fernão Dias embarcou no escaler e foi até o submarino. Voltou dizendo que os alemães não tinham gostado muito da informação, mas que estavam de acordo em receber Wolf ao largo da costa do Rio de Janeiro. Pouco depois o submarino desaparecia entre as ondas.

— Içar velas! — gritou Tiradentes. — Sigamos em frente, amigos!

Uma nova vida começava a bordo do *Lusíada*, já rebatizado de *Liberdade*.

***

FORAM POUCOS DIAS, suspirava Wolf Dreizinger, quando chegava a essa parte da história. Poucos, mas gloriosos.

***

COMEÇARAM ESCOLHENDO UM NOVO COMANDANTE. Zumbi sugeriu que Tiradentes assumisse o posto, mas ele se recusou, alegando que o ato equivaleria a um golpe de estado.

No Caminho dos Sonhos | 107

— Toda a minha vida lutei pela democracia — disse. — Não será agora que contrariarei meus princípios. Optaram por eleições. O próprio Zumbi se candidatou, e também um dos marinheiros, este representando a tripulação. Seguiu-se uma breve campanha eleitoral, com comícios e debates, nos quais Tiradentes, bom ator e melhor orador, levava grande vantagem. Acabou sendo eleito. Oito dos dezenove votos potenciais lhe foram dados, seis a Zumbi e quatro ao marinheiro. Houve uma abstenção: a de Isabel. Desde o início mantivera uma atitude de soberano desdém àquela movimentação, e nem parecia grata a Tiradentes, que a poupara da prisão onde estavam os outros. Essa atitude deixava Wolf contristado. Tiradentes achava que Isabel precisava de umas lições de democracia: "Esses aristocratas precisam ser educados", dizia, "é a única maneira de recuperá-los para a sociedade".

Após a eleição, Tiradentes convocou uma reunião geral. Disse que a partir daquele momento estavam em assembleia permanente. Anunciou a formação de várias comissões: de limpeza, alimentação, saúde, alfabetização, vigilância dos prisioneiros, aperfeiçoamento ideológico, arte e teatro, cuja direção ele mesmo assumiria. Anunciou também que convidava Zumbi e o marinheiro para serem seus imediatos. A administração do *Liberdade* seria, pois, colegiada. A maioria dessas medidas foi bem recebida, ainda que um dos negros tivesse restrições à alfabetização.

— Por que temos de aprender a escrever como vocês, brancos? Nossa cultura é tão antiga quanto a sua.

Mas conseguiram chegar a um consenso, nesta e noutras questões; isso depois de muitas discussões, em que todos falavam, e às vezes ao mesmo tempo. A alfabetização seria voluntária, para quem quisesse. Os únicos que não participavam dos debates eram os índios, que preferiam ficar apenas observando, aparentemente indiferentes ao debate.

— Precisamos motivá-los — disse Tiradentes, aborrecido.

— Aumentar seu grau de participação no processo decisório.

E havia muito o que decidir. A todo instante surgiam novas questões. Zumbi propunha desviar o curso da embarcação e rumar para a África, onde poderiam, nos territórios de sua tribo, fundar uma comuna em moldes socialistas. Essa proposta provocou uma longa e, por vezes, amarga discussão. Tiradentes ponderava que, assim como os negros desejavam regressar à África, os guaranis tinham o direito de voltar para o Brasil, sua terra. E lembrava também que tinham uma missão: levar a cabo, na cidade do Rio de Janeiro, a encenação, que era o objetivo da viagem e que agora serviria para divulgar uma plataforma política.

Quando alguém lembrou que não poderiam contar com Cabral, Dom Pedro I ou Dom Pedro II, Zumbi replicou:

— Estas figuras jamais pertenceram à História. A Descoberta e a Independência teriam ocorrido de qualquer modo.

— Não são as figuras decorativas que contam, mas as circunstâncias sociais, políticas, econômicas. E o trabalho de conscientização, evidentemente. A própria Inconfidência já previa...

— A Inconfidência não deu certo — atalhou Zumbi.

— Mas podia dar! — bradou Tiradentes. — Assim como Palmares também podia dar certo. Ó Zumbi, você não passa de um pessimista! Acredite em alguma coisa, homem! Fará bem a seu coração!

— Limpe latrinas como eu fiz e depois venha me dizer em que você acredita.

No Caminho dos Sonhos | 109

— Na latrina! Por que não? Acredito na latrina, acredito na limpeza, acredito no trabalho e em tudo aquilo que preserva a dignidade humana. Limpar latrinas, sim! Todos nós vamos limpá-las daqui por diante, Zumbi. Fará parte de nosso trabalho.

— Quero ver — sorriu Zumbi, sarcástico. — Mas, voltando ao assunto, como você planeja fazer a encenação?

— Minha ideia — Tiradentes se pôs de pé, os olhos brilhando — é fazer uma nova *Evocação do Brasil*, cujo nome será *Vocação do Brasil*. Vocação, entendem? Aquilo que o Brasil desejaria ser, não o que ele foi. Um país democrático, progressista. Um país que respeita a natureza. O país dos índios, de Palmares, o país dos inconfidentes.

— E o roteiro? — perguntou Zumbi, ainda cético, mas já interessado.

— Roteiro? Cada grupo fará o seu roteiro, dentro do princípio da autodeterminação. Vocês, por exemplo, se quiserem mostrar o triunfo de Palmares, poderão fazer isso.

— Desde que a gente não se misture com os brancos, decerto — disse Zumbi, irônico.

— Não! Nada disso! — Tiradentes, cada vez mais veemente. — Se quiserem brancos em Palmares, por que não? Se quiserem mostrar uma aliança entre Palmares e os inconfidentes, por que não? Entre negros, brancos, índios, por que não?

Zumbi ficou calado. Tiradentes se voltou para Wolf:

— E você, Wolf, se, em comum acordo com os índios, desejar modificar sua cena, terá toda liberdade para isso. Não vejo necessidade de que você passe por todos aqueles vexames. "Aí vem nossa comida pulando." Nada disso. Por que os índios não podem receber você como amigo?

— Mas parece que eles tiveram uma má experiência com os brancos...

— Eliminemos essa má experiência, então! Façamos com que os brancos, em vez de explorarem os índios, se unam a eles! Os brancos têm muito a aprender com aqueles a que chamam de selvagens, e que eram, na verdade, os donos da terra. Os índios sabem como viver em contato com a natureza, conhecem plantas alimentícias, remédios vegetais verdadeiramente miraculosos. O que você acha disso?

Wolf sorria. Zumbi ficava calado. Era mesmo um homem amargo. Agora que conviviam mais de perto, isso Wolf podia constatar. Zumbi se reconhecia ressentido, mas achava que tinha boas razões para tal:

— Nós, os negros, não temos sorte, senhor Wolf. Não somos livres nem mesmo em nossa terra. Por toda parte nos perseguem, nos exploram. Eu tinha esperança de que desta vez seria diferente, que o sucesso de nossa encenação me permitiria conseguir um bom emprego de ator no Brasil. Era o sonho de meu pai. Era o meu próprio sonho.

Falava de sua infância na aldeia, da qual o pai era o chefe.

— Eram bons tempos aqueles, senhor Wolf. A gente corria pelo mato, nadava no rio... Comida não faltava, vivíamos bem. Mas um dia chegaram as tropas do exército português e a nossa alegria acabou. Levaram os homens mais fortes para servirem como soldados; já não tínhamos quem plantasse, quem caçasse. Meu velho pai adoeceu e morreu de desgosto. Eu fui para a cidade trabalhar como pedreiro. Juntei-me a um grupo de teatro amador, pensando melhorar de vida, mas qual o quê. De modo que, quando o senhor Cabral me convidou para fazer parte do elenco, aceitei sem pensar duas vezes. E agora aqui estamos num mato sem cachorro, como se diz.

Zumbi, porém, constituía uma exceção. O clima a bordo era de entusiasmo, de euforia. As comissões se reuniam de manhã bem cedo, logo depois do café. Em seguida vinham os ensaios, e depois o trabalho, ao som de canções entoadas pelos africanos, um dos quais tinha uma bela voz de barítono. Mas Wolf continuava apreensivo. O submarino não mais aparecera, mas ele estava certo de que os nazistas não tinham desistido de pegá-lo. Tiradentes, empolgado com o que chamava de "comuna flutuante", não notava nada. Foi Zumbi quem se aproximou de Wolf perguntando a respeito:

— Preocupado, senhor Wolf?

Wolf hesitou e terminou desabafando. Quase em lágrimas, falou sobre o medo que tinha de ser levado de volta para a Alemanha. O rosto de Zumbi se iluminou.

— Mas é do submarino que o senhor tem receio? Ora, senhor Wolf, não se apoquente por tão pouco. Podemos enfrentá-los. Venha, vou lhe mostrar.

Desceram ao porão da caravela onde Zumbi, triunfante, mostrou as armas que estavam a cargo da Comissão de Defesa que ele agora presidia: dois pequenos canhões montados sobre rodas de madeira, segundo o modelo usado no século XVI.

Wolf não sabia o que dizer. Enfrentar um submarino poderosíssimo com aquelas armas toscas? Loucura. Entretanto, não quis decepcionar Zumbi; lembrou apenas que não havia pólvora para os canhões.

— Mas isso o senhor faz — disse Zumbi.

— Eu?

moacyrscliar

— O senhor mesmo. O senhor não é especialista em explosivos?

Mesmo achando aquilo absurdo, Wolf se dispôs a trabalhar. Encontrou, no porão, um barril com salitre e, na farmácia de bordo, uma boa quantidade de enxofre em pó, usado, à época, para o tratamento de problemas de pele. Carvão havia na cozinha, de modo que, em pouco tempo, ele pôde preparar uma boa quantidade de pólvora.

Enquanto isso, a vida a bordo prosseguia animada, os grupos se reuniam, discutiam:

— Desejo lembrar ao companheiro que...

— Desculpe-me o companheiro, mas o companheiro está completamente equivocado...

— Questão de ordem! Questão de ordem!

Até mesmo os índios, aparentemente tão apáticos, agora se mostravam entusiasmados. Tinham optado por mudar o roteiro de sua cena. Começariam com cantos e danças; depois mostrariam, por meio de mímica, a chegada do homem branco, com seu cortejo de desgraças: escravidão, doenças, morte. E terminariam com uma apoteose, uma espécie de balé mostrando a expulsão do invasor. Eram os que mais falavam, passavam o jantar contando histórias. O velho índio tinha um jeito todo especial para isso e arrancava gargalhadas de todos com seus trejeitos.

E não era esta a única novidade surpreendente. A ninguém agora passava despercebido o namoro entre Tiradentes e Isabel. Haviam se reconciliado quando Tiradentes, a pedido da moça, pusera em liberdade Dom Pedro II. A Zumbi, que expressara reservas quanto a tal decisão, explicou:

— É um homem velho e inofensivo, um liberal. Não nos causará problemas; ao contrário, é um aliado que temos.

No Caminho dos Sonhos | 113

Poucos dias depois soltava também Dom Pedro I e o imediato, com a condição de que participassem num programa de reeducação ideológica. Só Cabral continuou preso, para servir de exemplo.

Isabel se mostrara extremamente grata por esses gestos apaziguadores. Desde então eram vistos, Tiradentes e ela, conversando baixinho e rindo, na ponte, ou então passeando de mãos dadas pelo convés ao cair da tarde.

Certo dia, estavam todos almoçando no convés, ouviram gritos eufóricos. Do cesto da gávea, um dos índios apontava para o horizonte:

— Terra! Terra!

Era terra. Estavam, como depois Wolf descobriria, ao largo da costa do Rio de Janeiro.

— Em poucas horas estaremos lá — disse um dos marinheiros.

Um clima de nervosismo reinava agora a bordo. De repente, todos, até mesmo Tiradentes, sentiam-se inseguros, apreensivos. E agora? O que aconteceria? O que fariam as autoridades quando soubessem do ocorrido na caravela?

Tiradentes mandou soltar Cabral. Pálido após tantos dias de cativeiro, o homem se mostrava furioso.

— A primeira coisa que vou fazer — bradou — é apresentar queixas ao nosso embaixador.

— Pode se queixar a quem quiser — retrucou Zumbi.

— Mas que falta de respeito é essa? — gritou Cabral. — O que está acontecendo aqui?

Isabel começou a contar o que tinha acontecido. Enquanto falava, Tiradentes a enlaçou pela cintura, o que deixou Cabral boquiaberto:

— Você, Isabel! Uma moça de boa família, envolvida com esse ator de meia-tigela!

— Vê lá como fala — advertiu Tiradentes. — As coisas aqui mudaram. Somos todos iguais. Esse negócio de uns serem mais que os outros terminou. O regime agora é democrático, entendeu?

Ofendido, Cabral se calou. Tiradentes propôs uma reunião, para combinarem os últimos detalhes da encenação, mas nesse momento um dos marinheiros apontou para o mar:

— Olhem lá!

Diante deles, o submarino.

A portinhola da torre se abriu e vários homens emergiram, armados de metralhadora.

— Meu Deus — gemeu Wolf.

— Vamos buscar os canhões! — disse Zumbi. E, antes que alguém pudesse detê-lo, desceu ao porão, acompanhado dos membros da Comissão de Defesa.

— Exigimos a presença do comandante! — bradou, do submarino, o mesmo homem que tinha se pronunciado antes. A ordem gerou de imediato um clima de confusão. Os marinheiros achavam que Tiradentes deveria ir lá, mas ele não concordou:

— Os nazistas sabem que não sou eu o comandante. Cabral é que deve ir.

— Eu? — Cabral, irônico. — Mas o senhor não confia em mim. Pois me prendeu e me destituiu do comando...

— Você sabe que eu tive de fazer isso, Cabral; e eu sei que você não será o nosso Joaquim Silvério. Vá lá, diga a eles que mantemos nossa posição: precisamos consultar o embaixador português no Brasil.

No Caminho dos Sonhos | 115

Baixaram o escaler e Cabral, acompanhado por dois marinheiros, foi até o submarino. Enquanto isso Zumbi e seus homens, ocultos pela amurada, tratavam de preparar os canhões, sob os olhares apreensivos de Dom Pedro II e Dom Pedro I.

Cabral ficou longo tempo no submarino. Voltou quando o sol já se punha. Com a fisionomia carregada, dirigiu-se a Tiradentes:

— Eles querem o Wolf Dreizinger. Agora. Dizem que receberam ordens nesse sentido. Se não entregarmos o homem até as seis da tarde, afundarão a caravela.

— Se pelo menos conseguíssemos chegar em terra — suspirou Dom Pedro I, olhando as luzes que começavam a piscar na costa.

— Eles não deixarão — disse Cabral. Olhou o relógio. — Faltam quinze minutos. Temos de decidir.

Como a confirmar as palavras de seu comandante, o submarino se pôs em movimento. Aproximou-se, lento, da caravela. Podiam até distinguir os rostos dos marinheiros. O intérprete pegou o megafone:

— Pela última vez! Entreguem-nos o senhor Wolf Dreizinger!

Por um momento ficaram todos imóveis, apalermados. Então Tiradentes correu para a amurada:

— Aqui ninguém entregará ninguém, ouviram? Ninguém entregará ninguém.

O homem do megafone e o comandante do submarino trocaram algumas palavras em voz baixa. Ouviram-se algumas ásperas ordens em alemão. Os marinheiros correram ao convés do submarino e começaram a tirar a lona que cobria o canhão.

— Virgem Maria! — gemeu Dom Pedro I. — Eles vão nos bombardear!

— Chegou a hora! — exclamou Zumbi, e mandou que os homens apontassem os canhões para o submarino.

— Pelo amor de Deus — gritou Dom Pedro II. — Não façam essa...

— Fogo!

Duas explosões sacudiram violentamente a caravela, jogando todos no chão. O convés se encheu de uma acre fumaça. Quando se dissipou, viram que o submarino continuava no lugar, os alemães olhando, espantados. Quanto aos canhões, estavam em pedaços.

— Eu sabia — disse Wolf com voz trêmula — que eles não iam aguentar.

No submarino, os artilheiros preparavam o canhão.

— Fogo! — gritou o comandante.

Um único tiro foi disparado. Acertou em cheio a caravela, que instantaneamente afundou.

***

WOLF DREIZINGER não sabia nadar. Agarrado a um engradado de madeira, ficou flutuando no mar calmo, em meio às trevas da noite sem lua. O silêncio era absoluto: nenhum grito, nenhum gemido, nada. Por duas vezes o facho de um holo-

No Caminho dos Sonhos | 117

fote varreu a superfície do mar. Wolf teve a impressão de ver os marinheiros do submarino recolhendo náufragos, mas não estava seguro. De qualquer modo, pedir socorro era algo que estava fora de cogitação. Tinha de se salvar sozinho. Durante toda a noite bateu braços e pernas, tentando se aproximar da costa, cujas luzes avistava à distância. Trêmulo, exausto, várias vezes esteve a ponto de desistir, de se abandonar à própria sorte, de se dissolver no nada. Nesses momentos, cenas de sua infância voltavam à sua memória: ele via o pai às voltas com suas retortas de alquimista. "Todas as coisas, Wolf, tendem penosamente à perfeição." E lembrava da mãe sorrindo para ele do balcão da casa. Voltava então a se debater contra a água desesperadamente. Por fim, a sorte o ajudou: uma corrente o transportou devagar para terra, e de madrugada ele estava deitado na praia, esgotado pelo esforço, mas vivo.

Foi caminhando até que encontrou uma aldeia de pescadores. Ali o acolheram, deram-lhe comida. Não fizeram perguntas, nem estranharam o traje, as roupas de Hans Staden que ele estava usando: era Carnaval. Imaginaram, sem dúvida, que se tratava de um folião desgarrado e perdido.

No Rio de Janeiro, Wolf Dreizinger encontrou um amigo de seu pai, refugiado também. Esse homem, que estava em boa situação financeira, conseguiu para ele papéis e documentos e o ajudou com algum dinheiro. Wolf abriu uma pequena fábrica de explosivos e fogos de artifício, e se deu muito bem. Posteriormente se transferiu para São Paulo, onde se tornou proprietário de uma grande indústria de produtos químicos.

De seus companheiros de viagem não mais ouviu falar. Ainda no Rio, leu nos jornais a respeito do naufrágio, causado, segundo o comandante Cabral, por um abalroamento acidental com um submarino alemão. Todos tinham se salvado, exceto um clandestino que Cabral disse se tratar de um alemão chamado Hans Schmidt, e que estava desaparecido.

***

WOLF DREIZINGER SE CASOU, teve um filho. O restante, Marcelo, você já sabe.

Aqui terminam essas histórias de descoberta, Marcelo. Falta um epílogo, mas isso vou deixar por sua conta, mesmo porque não quero lhe dar lições. É tão pouco, e tão incerto, o que a gente pode ensinar aos outros, que prefiro não correr esse risco.

Concluirei com uma sugestão da qual, estou seguro, você vai gostar.

Caminhe pela praia. Caminhe sem rumo e sem pressa, mas com o olhar atento. Procure um pedaço de madeira velha, já meio apodrecida. Procure ver se nessa tábua do casco — pois é disso que falo, de um casco de caravela — está escrita a palavra *Liberdade*.

Se nada estiver escrito, ou se você não encontrar madeira alguma, paciência. O importante não é encontrar, o importante é procurar. O importante não é sondar o mar que se estende diante de nós, o importante é navegar em nosso mar interior. Nesse mar você encontrará, numa caravela, Wolf Dreizinger e seus companheiros. A bordo dela você descobrirá os sonhos de Paulo Dreizinger e seus amigos.

E então você estará pronto para voltar para sua casa, para sua mãe. Como os navegadores do passado, que, depois de ter andado por terras estranhas, podiam, enfim, regressar ao lar.

moacyr scliar *Bastidores da criação*

No Caminho dos Sonhos conta duas histórias. A primeira delas é a de Marcelo, um jovem idealista e ao mesmo tempo revoltado. Ele quer romper com a vida que leva, quer romper com a família, para descobrir o seu próprio caminho. Larga os estudos e refugia-se numa praia deserta do estado do Rio de Janeiro. Marcos, seu padrinho, tenta fazer com que Marcelo recupere suas raízes; escreve-lhe uma longa carta, contando a vida do avô do garoto, Wolf Dreizinger, que, fugindo da Alemanha nazista, participa de um projeto meio estranho: junta-se a um grupo de atores que, tripulando uma caravela, quer refazer a viagem de Pedro Álvares Cabral ao Brasil. Cada um desses atores vai fazer o papel de uma figura importante na história do país. Desse modo, Wolf vai descobrindo, ao longo da viagem, como foi e como é o Brasil em que viverá. Ou seja: avô e neto vivem, cada um a seu modo, uma aventura. Existem coisas comuns entre as gerações!

Escrevi este livro baseado na minha própria experiência de garoto contestador. Eu também queria mudar o mundo, queria rejeitar os valores tradicionais. A literatura me ajudou a descobrir que, antes de mudar o mundo, temos de mudar a nós mesmos, e que para isso precisamos compreender e aceitar os outros — até mesmo, e especialmente, nossos pais, nossos irmãos, nossos avós, nossos parentes, nossos vizinhos... E aí, sim, estaremos prontos para viver nossa aventura pessoal.

Biografia

*M*oacyr Scliar nasceu em Porto Alegre, 1937. Foi sua mãe, uma professora primária, que o alfabetizou e despertou no futuro escritor o amor pela literatura.

Scliar gostava de lembrar que em sua família de imigrantes do Leste europeu todos eram bons contadores de história. E essa alegria em compartilhar experiências de vida e *causos* foi decisiva para conduzi-lo ao mundo dos livros.

E bota "mundo" nisso. A obra de Scliar conta com mais de oitenta títulos. E em quase todos os gêneros, do romance à crônica, do ensaio à literatura infantil. Tantos e tão variados títulos fizeram de Scliar um dos autores mais respeitados no Brasil e no exterior, premiado muitas vezes (Jabuti de 1988, 1993, 2000 e 2009, dentre outras premiações) e com leitores em países como Suécia, Estados Unidos, Israel, França e Japão. E, em 2003, o escritor ingressou na Academia Brasileira de Letras. Uma grande honra, sem dúvida: o coroamento de uma vida inteira dedicada a entreter e a encantar leitores de todas as idades, em especial os jovens.

Formado em Medicina, Scliar começou na literatura com um volume intitulado *Histórias de um médico em formação.*

Alguns anos depois, no final da década de 1960, começou a chamar a atenção do público com os contos de *O carnaval dos animais*. Nessa obra, iriam aparecer aquelas características que marcaram para sempre seus livros: enredos fantásticos, personagens irreverentes e muito humor. Mas um humor diferente, meio estranho, incomum. Tanto que uma de suas maiores influências sempre foi o escritor checo Franz Kafka (1883-1924), que escreveu *A metamorfose* (a famosa história do caixeiro-viajante que acorda transformado num inseto gigantesco) e, por incrível que pareça, era também um autor que apreciava histórias de humor.

Acervo do autor

Apesar de ter viajado pelo mundo, Scliar sempre morou em sua cidade natal. Era em Porto Alegre que ele vivia com sua mulher, Judith, e com o filho, o fotógrafo Beto. O que não quer dizer que apenas a capital gaúcha tenha sido o cenário de suas obras. Como você poderá conferir, neste e em outros livros do autor, a imaginação de Scliar também tinha um passaporte cheio de carimbos: ele foi um autor universal.

Moacyr Scliar faleceu em 2011.

Por dentro da história

Fuga para a liberdade

A situação dos judeus em muitos países europeus nunca foi fácil. Porém, a partir das sucessivas crises econômicas da década de 1930, políticos hábeis em manipular a opinião pública elegeram a comunidade judaica europeia como bode expiatório. Com a ascensão de Hitler na Alemanha a partir de 1933, uma série de medidas repressivas dificultaram ainda mais a vida dos cidadãos alemães de origem judaica. O êxodo para países como Estados Unidos, Argentina e Brasil significava uma busca por melhores condições de vida e por um maior respeito das liberdades individuais, longe da violência, da perseguição e (a partir de 1942) do genocídio sistemático nos campos de concentração. Grande parte da comunidade judaica brasileira desembarcou no país entre as décadas de 1930 e 1940 e foi morar em cidades como São Paulo, Rio de Janeiro e Porto Alegre.

Acervo da Sinagoga Israelita Brasileira

No Caminho dos Sonhos | 125

Um ditador à brasileira
Em 10 de novembro de 1937, um golpe de estado, um ano antes da sucessão de Getúlio Vargas, iria inaugurar o Estado Novo: uma nova constituição, de caráter ditatorial, seria imposta a todos os brasileiros. Flertando com o fascismo europeu, Getúlio dissolveu o Congresso Nacional, extinguiu partidos políticos e baixou a censura sobre manifestações sociais e culturais. Ao mesmo tempo, garantiu direitos à classe trabalhadora pela Consolidação das Leis do Trabalho (CLT), que passou a intermediar a relação entre empregados e patrões.

Tempos sombrios
Cerca de três décadas depois do Estado Novo, o Brasil parecia respirar ares mais democráticos. Porém, a presidência de João Goulart foi abalada por uma série de manifestações populares e insatisfações no Exército. O resultado foi que as

tropas sairam às ruas em 1º de abril de 1964, depondo o presidente e instituindo um governo militar que iria durar até 1985. Foi a partir de 1968, porém, que a situação ficou mais sombria. Com a promulgação do Ato Institucional nº 5, uma série de direitos civis foram banidos — e o país mergulhou num tempo em que práticas como tortura e assassinato iriam assombrar os brasileiros.

Dia de festival

Se o clima político parecia cinzento, a cultura popular chegava à década de 1960 exibindo criatividade e arrojo. A chamada "Era dos Festivais" — a série de competições em que novos intérpretes e compositores mostravam ao público o seu trabalho em concursos organizados por emissoras de TV — revelou grandes nomes como Chico Buarque, Nara Leão e Edu Lobo. Jovens que davam seus primeiros passos rumo ao sucesso. Artistas que logo iriam ajudar a escrever a história da cultura brasileira.

Obras infantojuvenis de Moacyr Scliar

Em destaque, os títulos publicados pela Ática

JUVENIL
Aprendendo a amar e a curar
A colina dos suspiros
A festa no castelo
A palavra mágica
A voz do poste
Aquele estranho colega, o meu pai
As pernas curtas da mentira
Câmera na mão, o *Guarani* no coração
Cavalos e obeliscos
Ciumento de carteirinha
Deu no jornal
Éden-Brasil
Introdução à prática amorosa
Memórias de um aprendiz de escritor
Minha mãe não dorme enquanto eu não chegar
No caminho dos sonhos
O amigo de Castro Alves
O ataque do comando P. Q.
O menino e o bruxo
O mistério da casa verde
O Rio Grande Farroupilha
O sertão vai virar mar
O tio que flutuava
Pra você eu conto
Respirando liberdade
Um país chamado infância

Um sonho no caroço do abacate
Uma história só pra mim

PARTICIPAÇÃO EM ANTOLOGIAS
Acontece na cidade
A palavra do homem
A prosa do mundo
Boa companhia
Contos brasileiros 2
Contos brasileiros contemporâneos
Contos de escola
Deixa que eu conto
Gente em conflito
Histórias de avós e netos
Histórias de imigrantes
Histórias divertidas
Histórias fantásticas
Histórias sobre ética
O mundo é uma bola
Pai e filho

INFANTIL
Abc do mundo judaico
Gota d'água
Navio das cores
Nem uma coisa nem outra
O irmão que veio de longe
O livro da medicina
Um menino chamado Moisés